インフィニットリグレス

kouji mino

目次

参考サイト

Wikipedia　　Wikiquote

クリティアス

西暦２０４０年、十一月の初め頃。


爽涼のロンドン・ヒースロー空港内に次の出発便のアナウンスコールが鳴った。

そして搭乗ゲートへと急ぐ人々の姿。

騒々しくこれから飛び立つ旅客機の機内では、蒼茫の天に向かうみたいなわくわくの夢心地になるのである。

その中の一人にとっては初めてのアメリカ旅行で、勝手がわからないからまずはパッケージツアーで他の観光客とそぞろに合わせながら現地の空気とか、移動とかに慣れるつもりなのだろう。

そうやって慣れてきたら一人であっちこっちに行ってみよう、とぼんやり計画しているその冒険者の瞳には、窓の外に広がる黒みがかった青空と、後方へ流れる白い雲が、地元のそれとは異なっているようで新鮮に見えていた。

葬列にも似た奇妙な退嬰的風景。

そんな物語・・・

アメリカ合衆国【ＵＳＡ】・・・

一千万㎢の面積、三億五千万の人口、三千兆円のＧＤＰと無尽蔵の資源を有する建国僅か三百年足らずの超大国。

ヨーロッパからの入植者が、ネイティブアメリカンのインディアンを追い落とした上に根付いていった。

黒人奴隷によってプランテーションを拡大させ、大自然に貨幣経済を根付かせる。

五千万頭の野生のバッファローを絶滅させ、トウモロコシ畑を根付かせた。

この国の現在の繁栄は、無垢の多くの犠牲の結果なのかもしれない。

五十の州は憲法で繋がり、様々な人々をまとめている。

幻想の都市群をアメリカンドリームが包む。

大昔のおとぎ話のような世界。

聖書が示す約束の地。

終わりなき栄光。

神の国・・・

メキシコ湾と大西洋の狭間でずっしりと耕されたカリブ海熱帯低気圧ハリケーンの到来は、特に驚くことでもない毎年の風物詩の一つのはずだった。

もうすでに十一月ではあるが…

発生直後、こんなにも力強く、巨大に成長し上陸したかと思えば、まるで恐竜がゆっくり散歩するように進むとは当然大多数の人々が思ってはいなかった。

始まりはテキサス州ヒューストン南西、海から這い上がり進化するかの如く獰猛に勢力を拡大しつつ、いくつかの街に猛烈な雨風と高潮、河川の氾濫をもたらす。

昨日まで人間の生活感であふれていた都市の景色を、今日は濁った液体であふれさせる。

人々の、希望へと燃える明日は、淀んだ水の中へと少しずつ沈みこみながら全てが…

最終フェーズへと向かっていった。

良く澄んだ青空に浮かぶ白い雲を思い描きながら公園までの遊歩道、眩い太陽の光を全身に気持ちよく浴びながら、のんびりと歩いているネルラ・カルパは他の地域で起きている事などには興味がなかった。

どこかで、なにやら深刻な事件や事故があったとしてもそれを知ってしまうことによって人生の貴重な1日の気分が変えられてしまうので、趣味以外の何かに興味を持たないようにしているのだ。

役立ちそうにない外的要因で一喜一憂してしまうというのは、今自分がやらなければならない大切な何かを見失いさせうることであり、時間の無駄なんじゃないかと。

未来へ向かう現在は、すぐに過去になってしまうことを人間は皆知っている。

ならば時間を設定し、必要な情報を取捨選択すべき、と考えネルラは実践する。

昨日より今日、今日より明日。

ネルラは自分で決めた散歩コースを順調に進んでいった。

西暦２０４０年、十一月九日。

航空宇宙産業で知られるテキサス州ジョンソンに午後、大西洋で今年十八個目のハリケーン【ローニア】が上陸。

その前日、太平洋で久しぶりに発生していた今年ようやく二個目のハリケーン【バービー】がすでにアリゾナ州に入って暴れ狂っていた。

二つのハリケーンは絡み合い唸る。

そしてニューメキシコ州あたりで、ごく自然的な入射ベクトルで追いつき合流してしまった。

勢力が相殺されるかと思いきや。

海洋大気庁【ＮＯＡＡ】の発表によればエネルギーは落ちるどころかむしろ数倍増しになり、短期間で超大型へと目覚ましい変貌を遂げるということである。

この異常な事態を重く見た政府の非常事態省やアメリカ国立気象局、各自治体の関係機関は、つい最近導入されたどのような非常時でも安定的で有効な７ギガ通信を存分に使って連絡を取り合いながら適切な対処に動く。

暴風雨の強さを示す国際標準尺度【サファ・シンプソン・ハリケーン・ウインド・スケール】のカテゴリー5、に相当する秒速70メートルをはるかに超えている今回来襲したハリケーン。

消防、警察、そして州軍も知事の要請で動員され、助けを求める人々の捜索と救助に奔走したのであった。

数年前までに、経済でも軍事でも、すでにアメリカ合衆国のライバル国たちは勝手にことごとく自滅していたので、大衆やらメディアやらそして東海岸のエリートたちが、ひどく退屈していたところに久々にこの災害イベントである。

退屈との闘いの中にいるのは心の健康にあまり良くない。

だから、国家運営のスリルと緊張を巨大ハリケーンとの遭遇で補充出来るのでちょっとだけ嬉しくなっていた。

最初苦労しても最終的には絶対に勝てる戦い、というのを国民は好きなのである。

テキサス州沿岸部、河川の氾濫で水没した街を、追加で斜め上から殴りつけるような雨風が緩慢に通り過ぎて行く。

ルイジアナ州、ミシシッピー州、テキサス州は、水位が高まりそうなところの住民たちを安全な場所へと避難させ、関係者と州軍は厳戒態勢で川の周囲に土嚢袋で防波堤を築く。

ハリケーンの上陸から一日目が終わる頃には行方不明者が数千人に達していた。

選挙期間中だが、外遊していた大統領は明日の帰国後に何らかの正式な声明を出すことになっている。

…これらの出来事の数日前に、ヨーロッパの小さな田舎町からテキサス州へとやって来ていたある若者…

観光名所オースティン…気晴らしと、そして新しい何かを求めてパッケージツアー客としてアメリカを訪れていたベアトリス・カモノーは、そろそろオクラホマ州へと観光の軸足が移りそうなタイミングでつい動きを止めて両足を地面に軽く揃えざるを得なくなった。

なぜならば、ベアトリスが両手で何気なく軽く持っていたバードウォッチング用の双眼鏡の視野内に奇妙な光景をとらえてしまったのだ。

おおよそで八百メートル程離れた場所にそびえたっている高層ビルの屋上で大きめのドローンと一緒に、その真下に仁王立ちで吊り下げられているような人の形が、低速でゆっくりと着地したように見えた。

アメリカの最新式ドローンというのはあんなことまで可能なのかと、ベアトリスが感心したその瞬間に目が合った気がしたが、しかし相当な距離があり、この場所は近くの多くの建造物で陰になっている。

さらに自分は特段目立つような派手な格好をしているわけでもないのだから、こっちに気付くわけがない、ただの勘違いだな、と脳内処理で片付ける。

そして大型ドローンと人形はどこかへと飛び去り消えていった。

ハリケーン上陸前のテキサス州にて・・・

州都オースティンからダラスへ。

ヨーロッパからのツアー客の一人、ベアトリスはガイドの語りに聞き入っていた。

テキサス州の人口は約三千万人でオランダの二倍。

面積はイタリアの二倍。

ＧＤＰはスペインの二倍。

豊富な石油産業が、宇宙産業や先端科学技術産業をも押し上げている。

西部地域は温暖湿潤気候、東部地域はステップ気候、南部地域は亜熱帯性気候に分類される。

牛と石油とピックアップトラックと経済特区と空港が全米で一番多い州。

タコス等のメキシコの影響を受けたメキシコ風アメリカ料理を堪能できる。

かつてこの地域の主だったインディアン部族たちが現在は狭い保留地に押し込まれている・・・らしい。

ベアトリスたちはダラスからアマリロに移動し、数日間にわたるテキサス州観光のフィナーレを飾る事にした。

観光地を巡った後、一泊を終えヨーロッパからのツアー客御一行はレッド川を越えて次の州へ・・・

【パロ・デュロ・キャニオン州立公園】の自然を満喫し、ご機嫌なベアトリスは、ハリケーン襲来の前に、強風と大雨に出会う前に、オクラホマシティーにたどり着けて良かったと思った。

しかしハイウェイを移動中に横風で型式がやや古い観光用大型バスが少し不安定なバランスになるなどして、少しヒヤリとする天候の洗礼を浴びることになった。

ニュースでは、大西洋のハリケーンはテキサスから北西へ、運悪く太平洋のハリケーンがニューメキシコ州付近にいる時に合流しそうだという。

予測では十一月九日の午後にそれが起きるらしいが、もし合体したらハリケーンの名前は【イナンナ】にするとか。

このオクラホマ州という土地は竜巻街道と呼ばれる程に竜巻が多いらしい。

竜巻とハリケーンが混ざったら今度はどういう名前に変更するのかと、他の観光客達がリアルタイムなジョークを飛ばして大げさに笑い合っているのが聞こえた。

ひょっとしたら皆、今は観光どころではない事態なのかもしれないという恐れがここにきて脳裏に浮かんでいるのだろうか。

ベアトリスには、他のツアー客達の笑い声が空元気っぽく、ぎこちなく感じた。

広いオクラホマシティーでは、有名なフィルブルック美術館や多くの博物館を路面電車などでぐるぐると廻る。

肥満体型によく出くわしていたのは気のせいではないようで、全米でもオクラホマ州は肥満率が高いらしい。

再生可能エネルギーの普及とは無縁で、石油等の枯渇性エネルギー産業に大きく依存している州なのだが、しかし州間高速道路の発達で廃線ということになったはずの国道六十六号線、通称【ルート６６】は、オクラホマ州タルサからミズーリ州のスプリングフィールドまでの区間が、いまだにここでは再生活用されていたりする。

この州は、多種多様な生態域【エコリージョン】を観光客に披露してくれる・・・

キツネ類、鳥類、アリゲーター、バイソン、プレーリードッグ、コヨーテ、ボブキャット、ヘラジカ、アルマジロ等々、北アメリカの代表的な生物相に恵まれているのである。

この地にインディアンの保留地とインディアンカジノが多く連ねているのは、西暦１８００年代にアメリカ合衆国で無慈悲に成立したインディアン移住法によるものだ。

観光客たちはツアーガイドの説明にもどこか心ここにあらず、といった感じで聞いていた。

西暦１９００年に大被害をもたらしたあの、ガルベストン・ハリケーンをも凌駕するのではないかと噂されている今回の史上最大級ハリケーンの接近と、曇り空と、にわか雨と、強まっていた風が気になっていたのかもしれない。

そして。

それなりに観光を楽しめた後ツアーバスは定刻通りにオクラホマシティーを出発。

風が少し強く、天気はやや悪いが別段誰も気にならない。

それから二時間後にタルサに到着した。

タルサにて、新鮮な野菜と肉の料理を味わいながらベアトリスがふと思いついたこと、というのが、オクラホマ州では【ビッグフット】と呼ばれている伝説の大きな猿人の目撃例が多いことで有名だとかいうことだった。

もしかしたら自分が見たあのドローンの人物がそれなんじゃないか、というふうに思ったが、しかしあの時自分がいたのはテキサス州だったので、たぶん関係ないな、などと思い直した。

アメリカ観光は初めてで、どうにも目まぐるしくて思考が鈍っていた。

食事の後は、バスでの移動中にたっぷり睡眠をとるのが良いだろうと、これで頭もすっきりするし、と自分の座席で寝心地を確かめる。

ヨーロッパからの観光客を乗せたバスは、大型ハリケーンから急いで逃走するようにウィチタへと出発した。

次の目的地は幸いにも、合体ハリケーンの予想進行方向のアーカンソー州ではなくカンザス州だ。

地理的にアメリカ本土の中央に位置するカンザス州、州民自慢のビーフと小麦粉料理を後でゆっくり味わおうと決めているベアトリスは、メインイベントとかは最後に取っておく性格なのであった。

彼女の長めの、淡い銀白色の混ざった風にそよぐような金髪は、清い川のようにアンダーのポニーテールに結ばれ、健康そのものの体つきは、意志の強靭さに比例するように形作られて力強く軽快に駆動する。

精悍で大柄の割に、その振る舞いと言動が相手に大人っぽい印象を与えないこともしばしばある。

彼女は、西部開拓時代の史跡などを巡りつつ、勇ましいロデオガールのように馬に乗れたらいいなと思いを巡らす。

心構えはいつもそんな感じで、根は明るく短絡的な普通の田舎者がベアトリスなのである。

ダッジシティとウィチタぐらいからはそろそろ単独行動でレンタカーでの移動も考えていた。

「免許は持っているし、先月で二十一歳だし、運転能力にも問題はないし、アメリカ車も乗りこなせるはず。」

旅行気分のはずだが何故か使命感のような気に揉まれているのは不思議だった、数年後にはアメリカでそれなりの職業に就き永住し、幸せな大家族を持つことを希望している、しかし簡単ではないとも思っている。

そんな甘く淡い夢を持つ彼女の透き通るような奇麗な緑の瞳が、またもあの奇妙な光景を捉えてしまった。

正面上の白い雲の中から、人影とドローンが自由落下速度で降りてくる。

まるでＵＦＯに捕まっていた人間が真下へ降ろされていくような場面だ。

映画の撮影だろうな、そう思うぐらいに信じ難く、見た目とかはおよそ五十歳代後半から六十歳代前半という印象だが、動くしぐさは二十歳前後のそれだった、あの何か教科書で見たことがあるような無いようなちょっと有名な、星条旗の柄のシルクハットを被って正面を指さしているアメリカ政府を擬人化したキャラクター【アンクルサム】に似ているというかそっくりな気がする。

そんな彼が、ベアトリスとの距離を一瞬で縮め近づき、彼女の全身を見据えるようにして話しかける。

「やあこんにちわ、君は観光客だよね、ヨーロッパからの。」

何で分かったのか、余所者はやはり目立つのだろうか、そもそも何なんだろうこいつは、どうにも馴れ馴れしいな、と彼女は思ったが表情には出さない。

視線を合わせることも、迂闊に挨拶を返すのもためらった。

「僕の名はウェルグリズリー・カーネスキー、そしてこいつはジョー・ヴァンテ・ヴェラッツァ。」

と言いながら頭上の大型ドローンを指さしていた。

彼女にとってはそんなに興味が無さそうなことを事務的に説明し出す。

自立型ＡＩ搭載の最新式の災害対策用大型ドローンで１００kg以上の重量物などを運搬したり気象観測を行ったりしているということらしい。

人間をも安定的に直接運べる飛行技術、そのテスト中に別の土地でもう一度彼女が目に留まってつい声を掛けてしまったのだと、目の前の人物はそう解説した。

外国人は全米に入国する際に名前やら姿形やら、動きの特徴などがデータベースに登録されさまざまな組織機関、軍などにも情報が共有される、それで彼女をヨーロッパからの観光客と知っていたという説明も付け足した。

「そういう機密とか、そんなこと初対面で言っていいのだろうかと思うんだけど。」

「たいしたことないよ、そんなの機密って程じゃないさ、それに僕にとってもっと大事なのはこのプロジェクトの終了直前に出会った、一目見て運命的なものを感じる君と話をすることなのだよ。」

「そうなんだぁ…なるほどね……」

少し困惑しているベアトリスが適当に相槌を打つけれども外見がアンクルサムに似ているウェルグリズリーという人物はそんなことを気にせず自己紹介を再開した。

「実は僕人形なんだよね、ウェルでもあるし同時にウェルでもないと考えられる。」

「はぁ？」

「ツアーの次の予定地ミズーリ州には行かずに南東へ向かったほうがいい。」

「急に何を言っているの？」

「テネシー州とケンタッキー州も避けるのが無難さ、小型飛行機のエアタクシーでオクラホマからアーカンソーに入りミシシッピー、アラバマ、そしてジョージアだ、これなら大丈夫。」

「一体何が大丈夫なの？」

不可解そうな表情をしているベアトリスがそう聞き返す間にすでにアンクルサムことウェルグリズリーとジョーは空に上昇していた。

「アトランタ空港に早く行った方がいい、そこでまた会えたら助言してあげよう。」

アンクルサムおじさんの大きな声が雲の真下から聞こえて、その後に姿が雲間に消えた。

「何だったのか、あの人。」

周囲に他の人が全然いない状況で、変な人物に絡まれてしまったというのはあまり良くないことだなぁ、と思ったベアトリスだった。

アーカンソー州に向かうと予想されていたハリケーンは、なぜかまたニューメキシコ州へと進路を変えたらしい。

寒冷高気圧にぶつかってからは、ニュートンの揺りかごのように東西を行ったり来たりしているかのようだ。

そのせいでテキサス州南部とルイジアナ州はひどいことになっている。

アメリカ合衆国法典第三十二編五百二条の規定によってハリケーンの被災州の知事たちは、政府の代わりに州軍を出動させ指揮した。

アメリカ軍、いわゆる連邦政府軍の最高司令官は当然アメリカ大統領だが、災害時の場合における州軍への命令は大統領だけの専権事項ということではない。

憲法や法典を補足する連邦規則というものもあり、自治体の長には一定の裁量が与えられている。

独立時の最初の十三州以降、各州が憲法を批准し参加しているのが合衆国なのである。

自由と民主主義の国は五十州の人々を案外緩やかに統制せざるを得ないのだ。

憤慨する知事は今もし可能ならば、ハリケーンにありったけのミサイルを打ち込んで消滅させたい心境だった。

大自然による災害は何の権限で暴虐に戯れるのか、知る由もない。

上空約８０㎞から１００㎞あたりのカーマンラインよりも上を宇宙空間と定められて、そこには惑星、恒星、銀河などの巨大なスケールの存在があり、ラグランジュポイントでは釣り合って物体が地球の周囲で安定し、下では酸素や窒素などの空気が地球の表面という狭い所でせめぎ合う。

ある時ある場所ではそれぞれ台風、サイクロン、ハリケーンなどという不思議な存在が発生する。

宇宙から地上を観測すればそれらはとても小さい。

だが、地上の生物からすればそれらはコントロール不能な巨大な存在だ、どうしようもない程の。

カンザス州の西、コロラド州ピーターソン宇宙軍基地の北米航空宇宙防衛司令部【ＮＯＲＡＤ】は平常運転だ。

彼らにとってハリケーン災害は管轄ではないので積極的には興味を示さなかった。

それよりも近々の、統合参謀本部議長という、偉いさんによる重要州の基地視察回りに神経をとがらせている。

体調不良の下院議長と最高裁判所長官がコロラド州の地元で静養中の事とは関係ないだろうが、偉いさんの訪問は何か落ち着かない。

シャイアン・マウンテン基地の視察も含めて数日間極秘に滞在するのは珍しい、出迎える幹部はそう思った。

・・・西暦２０４０年、十一月某日、サンセットの時間・・・

アメリカ南部、ルイジアナ州とミシシッピー州とアラバマ州に多く住んでいる黒人たちは、ゴスペルやブルースの歌声やリズムと共に、これまでに言いしれない苦難の歴史を乗り越えてきた。

消防、警察、州軍などの救助隊に混じって街を、水害から自分たちの第二の故郷である街を、自分たちの存在の証を、歴史を、懸命に守り通そうと被害を少しでも減らそうと足掻いていた。

アフリカ系を祖先に持つ穏やかで素朴な住民たちに消滅の危機を感じさせるほどの【イナンナ】の迫力。

その闘いの映像はもちろん全米に勇気と興奮を与えた。

大統領のスピーチを作る人たちも、映画関係者も、この映像は国威発揚に使える、と思った。

東海岸のエリート、メディア、そして大衆はこういうのを待っていたのである。

ある意味完全に他人事で、自分たちは大丈夫という余裕があった。

世界のどの国でも貧富や出自の格差が、国民の心の乖離を保ち続けている。

貧しい者や虐げられている者たちの祈りは、果たしてどこかへ届き、そして救われる日が来るのだろうか・・・

古代ギリシャ世界の偉大なる哲学者の一人、タレスはこの世界は水のようなもので満たされているのではないか、と考えた。

それから長い時が過ぎ、科学は発展し生物の誕生に必要な元素は酸素、窒素、炭素、そして水素であると判明した、特に水素は宇宙全体に散らばっているということも。

惑星に生物が生存可能な条件がそろっている地帯をハピタプルゾーンと呼ぶ。

安全な温度を安定的に保つ日照時間は恒星からの距離や地軸の傾きにも依存する。

地球は恵まれすぎている。

微生物が発生し、人類にまで進化した。

本当にこんなことがあり得るのだろうか。

奇跡の連続なのだろうか。

何かを発見していないのではないだろうか。

そのように考えて、行動をする人たちもいた。

十日前・・・

合衆国最高の頭脳、国立研究所とアメリカ軍の研究機関と巨大企業が最新鋭量子コンピューターに地球人類の絶対あるべき未来を占わせたプロジェクト【ミリアムの予言】、の中に不思議なものがあった。

〔光満ちる至高天エンピレオにいざなわれる〕……である。


エンピレオとは天国の別名と分析されているらしい。

聖書によれば天国とはカナンとかいう地名のはずだが。

何度試してもこの意味不明な発言がたまに出てくるのだった。

この未来予知型ＡＩ【ミリアム】が本来期待されていた答えというのは、例えば地球の地軸がずれてしまう所謂、【ポールシフト】の正確な時期とかの災害予想、外国の動静、株価の値動きなど・・・ではなく、地球外知的生命体の存在確認である。

人類世界で不可解な現象があれば、それらによる介入があったと見做せる。

不可解現象の探究と解析。

要するにカオスを発見するのだ。

カオス理論によってミリアムは決定論的カオスを抽出し、統一カオスを定義する。

観測可能な宇宙の過去数百憶年分の膨大なデータをもって人間の活動と思考以外の数年先のこの世界の未来を正確に予測する。

古代ギリシャ世界の偉大なる哲学者の一人、ヘラクレイトスが語っていた万物流転の理やこの世の全ての根源の火、そして森羅万象ですら見通せるようになるかもしれない。


過去を知ることで未来を知る。

未来を知ることで過去を知る。


最新型量子コンピューターの応用が、別の時空で同時に行われる処理を可能にした。

流れに介入し、予想する未来へと近付ける手段にもなり得る。

恐るべきそれ程の能力が、他者に利用されてはならない。

アメリカの仮想敵が、たとえコンピューターウィルスを使って核兵器発射シーケンス制御に介入し誤作動を起こし、人類を滅亡に追い込む、というシナリオを持ったとしても上手くいかないだろう。

難解なアルゴリズムは突破されないし、閉鎖的なネットワークも存在し侵入不可。

さらに、アナログな手動システムを採用している場合もある。

仮に、現在世界各国が保有する核兵器合計約二万数千発が今、一斉に主要都市に発射されても全人類が一人残らず消滅するという結果にはならない。

山や建物、地下空間などの地理的要因により爆発の半径がカバー出来ないからだ。

核爆発の放射能汚染も数日から一週間以内には半減している。

都市部を中心に一時的には人口が大きく減少するが、全人類がそれ以後地上で永久に生活できなくなり絶滅する、などということには決してならない。

人類の文明はなかなか終わらず、半永久的に続いていく、ということだろう。

恐ろしい物事を恐れすぎて思考停止になってしまっては何も進歩しない。

火というおそろしい存在に、はるか昔の人類は出会った。

人類は火を使いこなし文明を発展させてきた。


全ての生物種はきっと幸福になるために生まれてきたのだ。

人類は運が良かっただけに過ぎない。

人類という種が将来にわたって幸福になるためには文明のレベルを上に引き上げていくしかない。

たとえどんな犠牲を払ってでも……


結論を求めていたある者は、そのように考えた。

自惚れが使命へと変わるよう促されるかのように。

「アトランティスは沈まない・・・何があっても・・・」

星条旗を永遠せしめんとすべく弁明に勤しむ。

ネルラは散歩の途中にあっちに行ったりこっちに行ったりする。
時々くるくると回りながら。
日向に入ったり日陰に入ったり。
太陽光に当たったり当たらなかったり。
暑くなったり冷えたりして忙しいのであった。

日が沈む時間になった。
ここで時を過ごすのはもう終わり。
とても遠く離れたところで頑張って賢くなった。
そろそろ実家に帰る時期だ。

懐かしい故郷の、青空と白い雲を思い浮かべていた。

・・・ヨーロッパからの、とあるツアーバス客たちはカンザス州のパーキングエリアにて休憩していた。
初来米のベアトリスはチップを渡す習慣にまだ慣れない。

アメリカでは飲食をしたり買い物をした時など、事あるごとにチップを必ず料金に含めなければならない。

「面倒だね、こういうの、お金がいくらでも減っていく。」

つい他のヨーロッパ人ツアー客に愚痴の同意を求めてしまう。

すぐ慣れるさ、と返される。


ベアトリスはツアーバスに乗っている時間帯にはアメリカの道路標識と交通法規の本に、しばしば目をやっている。

本当は一人でレンタカーのドライブを楽しみたかったのだ。

彼女の脳内では、明後日の朝になったら国際運転免許証とパスポート、クレジットカードなどを持って宿泊先近くのレンタカー会社の営業所へと出向くシミュレーションをしている。

「あと必要なのは何だったか・・・」

それは、パッケージツアーから降りる事を告げるタイミングであるとすぐに思いついた。

西暦２０４０年九月に、【惑星直列】と呼ばれる、実際にはきれいに一直線に並んでいないが太陽の片面側の広い角度の範囲内に、地球や火星などの太陽系列の惑星たちが一時的に一斉に鎮座する、という現象があった。

宇宙とかに詳しくない人々からすれば珍しい現象なのではあるが、多くの天文学者達、有名なアメリカ航空宇宙局【ＮＡＳＡ】、さらにハーバード・スミソニアン天体物理学センターなどからすれば、太陽系の歴史の中ではそんなに珍しくもなく、特に何か天変地異が起きるとかそういうことや地球環境への影響などは特にない、とかなり前から発表がされていた。

だがしかし、それらの天体たちは寂しさから、一方面に集まったのかもしれない。

孤独な宇宙空間でいびつな球体、直径数十メートルの四つの小天体達が、引かれ合うようにして縦一列に連なって惑星の引力と遠心力を利用するスイングバイ効果でも加速し、秒速約二十㎞以上に達し、いずれ月軌道に乗るような動きを描きながら移動を、こっそり続けた。

火星と木星の間でそれは秘かに始まっていたのである・・・油断なのか何なのか、太陽を背にし、火星を背にし、月を背にして、なぜここまで接近していたのか・・・

発見が遅すぎた・・・

【ＮＡＳＡ】、【ＮＯＲＡＤ】などの政府機関、そして国土安全保障省【ＤＨＳ】は悔やんでいた。

だが早くに気付いていたとしても、いったい何が出来ていただろうか、人類がもしもっと早く宇宙空間へ進出している時代を迎えていたならば、ああいうのは定期的に簡単に早くに処理出来ていただろうし、次の壮大なステップに取り掛かったのだろうが・・・

地球近傍天体を探知する【ＮＥＯ】サーベイヤーミッション。

太陽系内を移動し地球軌道に迫る直径１４０メートル以上の小天体はこれで大体チェックされる。

そして着弾予測地点の避難タイミングの割り出しなどの安定的活動に貢献する。

星々の周縁減光や光度曲線を測定し、最新のトランジット法などを用いて小天体の存在確率を計算する作業もする。

だが発見が遅かろうが早かろうが破壊する術がないので安全が保たれるといえるかどうかは断言できない。

アステロイドベルトから散り散りで向かってきていた数十メートルの小サイズの天体たちが地球近傍で引っ張られるようにドッキングし始めたようにも見えて、カイパーベルトでも同じ現象があったのを、ある宇宙機関は数か月前から・・・本当は数年前から気付いていた、というよりも知っていた。

深宇宙で、ある小天体が探査機と共にストレンジアトラクターという軌道に入ってしまったためにコントロールも軌道予測も不可能になり、ある宇宙機関は動揺し、放棄という決定を下すまで少し時間が掛かった。

しばらくして、探査機は放っておいても害は無いと分析し、その活動の公表もしていないので、プロジェクト自体は公的には破棄し、隠蔽した。

非常に不可解な決定である。

アダム・シャール【ペルシアン】インディアン座三・一一等星の方角からそれは地球に向かっていた。

それは深宇宙マヌーバでデルタブイを着実に増進させてゆく・・・

ハリケーンが二日目のショーを南部で展開しているときにも、刻一刻と、猛スピードで地球への旅を続けている、主成分が鉄の小天体が近づいてきていた。

柔らかい岩石だったならば、地球大気との接触で内部温度の上昇が小天体を粉々に爆散させ、地上に届かず消える可能性が高かっただろうに。

第五十一代アメリカ大統領ジェームズ・ローレンツが緊急声明を出し隕石落下まではまだ三時間ぐらいあるので、なんとか着弾予測地点の外へ出るようにと、冷静に国民に促す。

正式にはまだ第五十代大統領なのだが、つい最近の大統領選挙で再びの当選を、事実上確実にした。

翌年一月の宣誓式を経ていないが、人々はすでに新大統領という認識である。

その大統領により国家安全保障会議【ＮＳＣ】が緊急招集されホワイトハウスの一室でメンバーが真剣に討議しているパフォーマンスを、政府系メディアなどを使って国民や外国に見せている。

今回の被害に遭遇する人々は大混乱の渦の中にいるので、落ち着かせなければならない。

外国からの投資に停滞を許してはならない、アメリカ経済は揺るがない、というのを示すのは当然のことだった。

そしてスピーチライターが素早く作成した原稿を手に、聴衆へ語り掛ける。

「皆さんすでに報道などでご存知でしょうが我らがアメリカの国土に、忌まわしい隕石が姑息な被害を与えようともうすぐやって来ます、しかしこれはかつてイギリスが、１７７７年九月十一日のブランディワインの戦いで我らの軍に一時的に勝利した状況とよく似ています、その後の１８１４年九月十一日にプラッツバーグの戦いで我らの軍がイギリスの軍団を叩きのめし、アメリカの地位を内外に揺るぎないものとしたのです。」

大統領の演説は要領を得ないが、人々に希望を持たせることには長けていた。

「神があなたたちと共にあらんことを・・ゴッドブレス。」

・・・西暦２０４０年、十一月某日・・・

宇宙空間から、

大気圏を打ち抜いて、

緑樹生い茂る地上へと、

４つの禍々しい風が吹き付ける・・・

直径約70メートルの、やや球体に見える鉄隕石小天体は中間圏を突破し高熱の白い光に包まれて、上空三十キロメートルの成層圏をも高熱を帯びながら突破し、爆散することなくイリノイ州を通り過ぎ、周辺の工業地帯のベルト都市にほんの僅かな時間差で直撃していった。

国の関係機関の分析で、当初予測されていた落下地点は、イリノイ州スプリングフィールドからウィスコンシン州ミルウォーキーまでのどこかであったが、実際の衝突地点はそれとは大きくずれた。

テネシー州メンフィス、ミズーリ州セントルイス、アイオワ州ダヴェンポート、そしてミネソタ州ミネアポリス、の四ヶ所に小天体【隕石】が直撃。

一個のサイズは直径70メートルと小さいが、爆心地のクレーターの大きさは直径二キロメートル程になった。

ここら辺のアメリカ中央部は、低い台地はあるがそびえ立つ程の山脈が無いので爆発の爆轟による爆風が遮られることはほとんど無く、何処までも凶悪な衝撃波は広がっていった。

爆心地に最も近く、地面が抉られている場所での物体は蒸発。

クレーターが爆誕した周辺の地面でもすでに建物が存在しなかった。

待っていたように、濁った煙が渦巻きのように周囲に展開される。

爆発の光は遠く離れた州の高い場所からも肉眼で観測出来た。

数十秒続いた輝きの中心に対して、観測した誰もが神秘など覚えなかった。

あの下で、あの周囲で膨大な量の魂と肉体が天に帰ったのだと分かっていても、目撃者の感性はそんなことに神秘などというものは感じなかった。

怒りと絶望、無力感を誰もが共有しただけだった。

地球の大気の中では金属が個体に猛速度で接近すれば内部衝撃波でユゴニオ弾性限界を超える、すると金属は衝突の瞬間、個体のままで液体のようにふるまう。

高層ビルディング内に張り巡らされた硬かったはずの鉄骨はぐにゃぐにゃの状態になってそれを出迎えてしまった。

爆心地から数キロメートルも離れた地上の鉄骨コンクリート建造物はことごとく金属の混じった塵の飛沫や、風の一部となって、横から降る土砂降りの雨のように、さらに周辺数キロメートルの物体たちを同じく塵に変えてゆく。

衝撃波が大地と空を駆け巡る。

爆熱は大地をむしり取る。

爆風で大地は散り散りになる。

この天体群は阻止限界点のバウンディラインを秒速三十五キロメートル以上で超えて地球へ衝突した。

質量はサイズに比べて相当重かった。

表面は岩石だったが、内部には金属が詰まっていたためである。

ニッケル、ベリリウム、そしてアメリシウム合金の構成で高密度なのが、後に研究機関の分析により解明された。

少なからぬ放射能がアメリシウムには内在する。

ミシシッピー川が衝突の影響範囲に巻き込まれてしまった事は、やはり少なからぬ放射能汚染を意味したのであるが今は、金属的高密度天体衝突による直接の被害に対処しなければならなかった。


爆心地から数十キロメートルの、数十分前まで賑やかだった市街地は焼け野原のように煙が猛々と立ち昇っていた。

炎と粒子状の物質が弾丸速度で横風のように住宅地に襲い掛かり、ガラスを砕きながら突き進む。

周囲の上空を飛行していた旅客機などの飛行物体は衝撃波の力によって一瞬で分解。

それらの残骸が遠くまで飛び散った。

そして多数の人々がそれらの落下に巻き込まれた。

テネシー州メンフィスの救援に急ぐはずの軍事基地もまずは自分たちの被害状況の確認を先決する。

アーノルド空軍基地とその周囲は多くの航空機などの破片が当たり、徹底的にしつこく焼かれ、あちこち煙で視界が悪化し、滑走路までが歪んで見える、そしてケンタッキー州からも被災地への出動が相次ぐ。

この災害は州と州を跨ぐので、緊急時における協力も特にしなければならない。

消防車が消化を進めることが可能な範囲で、警察と軍も救助活動に努めた。

空気の高温と高圧で衝撃溶融体になっている四つの爆心地の中心部を目指して炎熱の煙の中を進撃せざるを得ない。

アーモンド・トロイメライ副大統領の任期も今回の選挙をもって終わるのだが、彼にはやり残したことがあった。

大統領代行になること・・・という。

この米国の危機をチャンスととらえていたが迷ってもいた。

自分が上手くこの危機を治めることが可能なのだろうかという危惧。

やはりもう一つぐらい何か必要だ、何かが･･･しかし見当がつかなかったし、大事になるのを嫌った。

･･･ただ安全な場所から眺めているだけのスポンサーが疎ましかった。

ロンドンにて・・・

イギリス首相ディラック・フェルミは電光石火で全面支援を表明した。

多くの外国移民から構成されているアメリカ合衆国だが、十八世紀頃はヨーロッパ移民だけで組織されている。

初期のアメリカ政府中枢の要職は、イギリス系、フランス系、ドイツ系、イタリア系、オランダ系、スペイン系、ロシア系、スウェーデン系の移住者がその多くを占めていた。

今はもっと多くの国や複雑なバックボーンによって要職に選ばれる人選が決まっているが、しかし。

アメリカとヨーロッパは、お互いを政策提言のための研究機関【シンクタンク】、を通じて協力しながらも同時に、相手をコントロール下に治めようともしている、お互いが要職に関与しているといえる状態だ。

百人の上院議員と四百三十五人の下院議員が集うアメリカ連邦議事堂と、議員会館は専用の地下鉄で結ばれているのだが、何かそれと似ている関係のようでもある。

アメリカの同盟国を名乗るいくつかの国々も支援を表明するが、ヨーロッパ以外からの支援についてはあまり歓迎していないのがアメリカ連邦政府と国民の正直なところだった。

隕石衝突被害に関して必要な支援を把握するのには少し時間が掛かっていたが、ぼんやりと概要が見えてきていた。

人口約６００万人のミネソタ州。

州都はセントポール。

劇場と自転車の街ミネアポリス・・・

東に隣接するセントポールと合わせて双子の街と呼ばれている。

隕石による間接的な汚染は地下のアーテシアン帯水層に静かに浸透してゆく。

十一月の気温はすでにマイナス五度。

北欧系の移民が多いこの州でも得体のしれぬ雨雪に心が寒さを感じていた。

軍と消防と警察がミネアポリス周辺へと、遠くから懸命に車を走らせてゆく。

通信は完全に途絶えているが、炎と煙と雪と茶色い水が溢れているそこにいるはずであろう人々を救助するために。

人口約３００万人のアイオワ州。

州都はデモイン。

太平洋から大西洋を横断する州間高速道路Ｉ８０が通る街ダヴェンポート・・・

トウモロコシと大豆が聖地の州の重要拠点。

街は吹き飛び、農業地帯にその塵が降り注ぐ。

大統領選挙の推移を常に反映する特別な州。

人々の希望を繋ぐ土地は茶色い雨に打たれていた。

空の黒い雲が少しの間だけ散ったかと思えばまた増え始めた。

濁った水が大地を呪いのように覆ってゆく。

人口約６００万人のミズーリ州。

州都はジェファーソンシティ。

タバコ、アルコール、石灰の街セントルイス・・・。

全米トップクラスに治安の悪い街にコンクリートやセメントの塵の混ざった雨が降る。

ミズーリ川からミシシッピー川へ流れ込んだ水は茶色い濁流に変色した。

イリノイ州の西部との州の境界線が歪む。

人々は灰の悪夢を一刻も早く忘れるためアルコールとタバコに逃げるしかない。

救助活動は川の増水地域では行われない判断が、権限を持った喫煙者たちによって成された。

見捨てられたことを知らない生存者は水に囚われ、煙の中で、もがいていた。

人口約７００万人のテネシー州。

州都はナッシュビル。

犯罪発生率は高いがそれを補う魅力的な音楽がにじみ出ている街メンフィス・・・

メンフィス国際空港の貨物取扱量は世界トップクラスだ。

隕石の直撃でその街は、消し飛ぶ程の打撃を受けた。

人々の心を癒す音楽は今は、豪雨とミシシッピー川の濁流の音に影を潜めている。

瓦礫と煙がテネシー州の西部を隠すように取り囲む。

街と周辺の多くの消防署が大きな被害を受け、消防車のサイレンは聞こえない。

川の地形も変わり、街があった場所に茶色い水が流れ込む・・・

アメリカ合衆国が被った災難を世界のテレビニュースやインターネットニュースはトップで伝える。

隕石の直撃一ヶ所だけでも五十メガトンの破壊エネルギー。

一メガトンはＴＮＴ火薬百万トンの爆発に相当する。

ＴＮＴ火薬は僅か数百グラムで鉄筋コンクリート建造物の柱に大打撃をもたらし、木造家屋ならば吹き飛ばされて瓦礫になってしまう威力だ。

一メガトンは一キロトンの千倍を意味する。

かつてアジアの国の、ある市に実験的に落とされた原子爆弾の威力は十六キロトン程である。

五十メガトンはそれの三千倍以上。

そのエネルギーが四ケ所で炸裂したのである。

もはや市どころか群単位が絶望の煙に包まれている。


国外のニュースでは専門家が、そのように冷静に他人事のように説明に明け暮れる。

アメリカ東海岸の裕福な人々と外国の視聴者たちは現地映像を、封切られた最新映画のように鑑賞していた。

四つのクレーターが衛星画像で映し出されているモニター画面を見ながら、多くの関係者は騒然としている・・・。

おびただしい死傷者が出ているのは誰もが想像出来た。

そしてとにかく、被害状況を画像だけでなく数字で知りたいのだ。

メディアは、消防隊や救助隊や軍の調査隊に随行し現地入りしているが、爆発の中心地に進むにつれて、生中継で一般市民に視聴させるには憚られるような、グロテスクな惨状の現地映像が垣間見られるようになっていったので、全放送局はスタジオでアナウンサーがテロップを読むだけに切り替えられた。

国民からはメディアの良心といわれる裁量判断だった。

しかし実は、あまりの惨状に連邦政府や軍などが圧力をかけた結果である。

これは、アメリカの弱っている姿を国民や世界の国々に曝すのを嫌ったためといわれている。

ミシシッピー川沿いの、隕石が直撃し爆発の火球の影響下に曝された巨大都市からの応答はほぼ無く、むしろ周辺からの救助要請が相次いでいた。

四つの爆心地での生存者は絶望的と報じられた。

現地映像が無いので数字だけが伝えられて、被害への想像力は薄められてゆく・・・

ニューヨーク州南部キャッツキル山地はアパラチア山脈の支脈の一つだ。

アメリカの富裕層たちの保養地で別荘が多く、その中でもネオファミリーと呼ばれる人たちの別荘は特別だ。

噂では、国会議事堂に集まっている議員や政府要人よりも格が上の者たちが、時々集まっては、国を動かす相談をしている場所でもあるとか。

ただのジョーク、金持ちに対する皮肉、という意見が多数である。

ニューヨーク州北部アディロンダック山地に在る湖、レイク・ティアー・オブ・ザ・クラウズ【雲の涙湖】を水源とするハドソン川はニューヨーク湾にまで流れ込む。

アメリカ東海岸を悠然と見下ろし、南北に長く鎮座するアパラチア山脈の平均標高は1千メートルしかない、一番高い山でも2千メートルだ。

しかし西海岸北西のカスケード山脈と違って火山山脈ではない。

代わりにフィンガーレイクと呼ばれる湖群が山脈のように連なっている。

ニューヨーク州中央に十一本の指が今にもピアノを弾きそうに並ぶ。

この湖群が人類トップクラスの金持ちという大巨人の象徴を連想させる。

ネルラはカリフォルニア州を想像していた。

美しい海岸線に鮮やかな夕日が沈むサンセット。

碧の海面はキラキラと金色に輝き、黄昏を放つ。

誰もが嫉妬する恵みに心濡らす。

風雅な大自然のアクアリウム。

街に降り注ぐ燦々とした陽光。

日傘を差して練り歩く人々、これからも変わらぬその景色をネルラは心に思い描けた。


ホテルで就寝前のベアトリスやツアー客たちは、観光ガイドから旅行計画の変更を提案されていた。

ツアーバスは、東への横断ルートから北への縦断ルートを選ぶということらしい。

料金は割安になるがネブラスカ州、サウスダコタ州、ノースダコタ州の観光は東部州と比較するとやや魅力という点で及んでいなさすぎる、とは皆が感じるところだった。

アメリカのフリーウェイは道路標識が主役。

出入口以外は通常の信号が無いので、安全確保は道路標識を頼りにドライバーの判断に任されている。

ツアーバスの前途はそれと似ていた。

危ういかもしれない旅を続けるか、ここで、いつまでになるかわからない待機を続けるか・・・

コロナウイルス、とかいうのが十数年前に流行った時にも隔離という待機を強いられていて大変だったんだよ、と言って他の人たちを安心させようとしているツアーバスの運転手だったが、若い世代の不安は拭えない。

話し合いは続き、西海岸に行くのはどうだろう、となったのだが最近は中南米やアフリカ大陸からの貧しい移民が増えて治安が悪くなっているのがマイナスポイントとして響いて西海岸行きの提案は却下された。

とりあえずコロラド州に着いてからユタ州方面か、ワイオミング州方面かに絞られた。

しかし最新のニュースでは一部の道路の通行止めが解除されているようなので、それならやっぱり東海岸へバスで目指すべきなのではないか、という意見が優勢になりつつあった。

このホテルで待機して、近くの空港が運航を再開したらヨーロッパに帰るとかいう消極的選択は彼らには無かった。

滅多に体験出来ないビッグイベントに参加している気分になって、アグレッシブになっていたのであろうか。

今いるカンザス州ウィチタから行くべきは・・・

ミシシッピー川沿いの道路の多くは、やはり壊れているらしい。

州間高速道路Ｉ７０では渋滞も多発、次の予定地だったカンザスシティは交通マヒどころか封鎖状態。

南は海と河川の増水で多くの町に冠水警報。

だったら北のネブラスカ州にバスを走らせようか・・・急がないと時間が経つにつれて出来る選択肢が減っていく。

それともここで事態が好ましく転換する奇跡でも待つか・・・何週間も待機することになる可能性もあるが。

バスの運転手は会社からの指示を受けなければならないが肝心の会社の方針が定まらない。

ベアトリスはウェルグリズリーがこの国の災害について何かを知ってそうだった態度を思い出しいくつかの州にも言及していたのを気にかけた。

彼はハリケーンが通過しない州にも何らかの災害があるような、そんなことを思わせるような発言をしていたが、今実際に隕石が四つの都市部への落下、という確かな事実があって、なので彼はどうやらハリケーン以外の災害予想でも専門家ということなのだろうか。

あの助言を信じたほうがいいのかもしれないと、不安を感じながらもベアトリスはある行動をすることにした。

彼が言っていたミシシッピー州からアラバマ州、ジョージア州ルート。

助言のようなものはどうやら正しいということになっていた・・・

ラジオニュースによるとすでに南部はジョージア州のアトランタ空港以外運航していないらしい。

それどころか中西部全域の交通手段が機能しなくなりつつあるようだとか。

観光客と旅行会社は議論の末、結局ツアーバスを北のネブラスカ州から東へ向かわせることに決定した。

五時間以上かけてオマハに入り、そこから州間高速道路Ｉ８０でアイオワ州を通過してシカゴに行くという。

Ｉ８０とミシシッピー川のその交通が、隕石被害の影響をどれだけ及ぼされているのかはまだ詳細は不明なので、アイオワ州ダヴェンポートを避けてミズーリ州ハンニバルを経由か、無理ならばネブラスカ州の州都のリンカーンの空港が今回のアメリカパッケージツアーの最終地となる可能性が高いということのようである。

ニューヨーク州のマンハッタンが本来の最終地だったけれども。

さらにこれから運の良し悪しでは、現在滞在中のカンザス州の空港からヨーロッパに帰ることになるだろう。

旅の安全が何より大事だからツアー客たちは、これは仕方がないという思いになった。

一人の若い女性を除く全員が納得した。

観光バスが北へ向けて発車する前にベアトリスは、急用が出来たので自分はパックツアーをここで切り上げ、一人で帰る意志をガイド責任者に告げた。

ウェルグリズリーとかいう彼の発言を他の人に伝えるには信憑性が足りなすぎるし、いかがわしい予言めいたものを信じこんでしまっている変な奴だと思われたくなかったのであえて言わなかった。

もし巻き込んで他の人たちが最悪の結果になってしまうのを恐れた、というのもある。

そんな浅慮を胸に抱えながら中級ホテルのベッドで朝になった。

セスナタクシーでここカンザス州から飛び立ってまずはアーカンソー州リトルロックで給油、大混乱の渦中にあるテネシー州は避け、ミシシッピー州を飛び越えてアラバマ州バーミングハムに到着し、そしてレンタカーを借り安全運転で走行しながら二時間半でアトランタ空港へ、と考えて実際の行動に移す。

先ずは最寄りのセスナタクシーの営業所にホテルからタクシーで向かった。

ハリケーンは東へ進んでいるけど、ゆっくりと海岸に沿っているからウィチタへの本日内での帰還も安全なので、もし料金を倍払うならばジョージア州アトランタまで可能、というような条件で契約が成立した。

早速書類にサインし、生体認証型クレジットカードで支払いを済ます。

民間飛行場の滑走路のアスファルトは良く舗装されていた。

かなり古い機体の小型セスナが泰然と出迎える。


ベアトリスは、増水して湖みたいになっているミシシッピー川を、セスナの窓から眺めながら空中を進んでいった。

天気が曇っているのに眩しそうにサングラスを掛けているベテランそうなパイロットのおじさんは、操縦席から、ややくぐもった声で、アトランタ空港ならばワシントンD．C．の空港までの航空便は止まってないんじゃないか、と語ったが、そのセリフ以外は寡黙で、彼女の質問に対しては殆ど答えてくれない。

彼女としては、もしアトランタ空港が平常運航しているのなら、そのままヨーロッパに帰る考えもある。

アーカンソー州リトルロックの営業所で一旦着陸し、機体の様子見と給油を素早く終わらせ、アメリカ南部の空の小さな旅に戻る、ハリケーンの影響で空は黒い雨雲が増えてきたようだった。

政府や軍が七ギガ通信を乱発多用しているせいで計器の調子が芳しくないらしいが彼女には良く判らなかった。

そして、アラバマ州バーミングハムの滑走路へと無事降り立つ。

ニューヨーク証券取引所【ＮＹＳＥ】通称ビッグボードはＮＡＳＤＡＱ市況と共に全面安の展開ではあるが、ダウ平均もそれほど大きな数字の下げにはならず、冷静に事の推移を見守っているようだった。

たとえ株が極限まで落ちてもドルが紙切れになることはない。

圧倒的な生産力が軍事力を支え、圧倒的な軍事力が経済力を支える。

そして圧倒的な経済力が生産力を支える、繁栄の永久機関が完成しているのだ。

更に保険としてケンタッキー州にはこれまでに世界中から集めに集めた３００～４００数十兆円に相当する金塊が、米国地金保管庫の地下貯蔵庫に保管されている。

勿論そこにいるフォートノックス陸軍駐屯地が用心棒として全力でガードする。

さらに基地の近郊、そう遠くない距離に軍民共用の空港やら飛行場やら軍事基地やらも控えている。

ノースカロライナ州とヴァージニア州程ではないが戦力は有り余っていたのである。

既にテネシー州メンフィスにはナッシュビルを経由して救援の大部隊を送っているだけではない。

ミズーリ州セントルイスには車で４時間程なので、救援物資を積んだ輸送車両を何十台も送っていた。

アメリカの栄光と繁栄はインディアンを僻地へ追いやることから始まる。

ヨーロッパからの余所者である入植者たちは彼らに対して、最初は友好的に接する。

別々に利益を用意し、争わせ、弱体化させ分断し、縮小させ壊滅に追い込む。

アメリカという人種のモザイク国家が団結するには仮想敵を仲間で追い詰めるというプロセスが有効でもあった。

特定の一つの人種を敵という生贄にして、団結する手法。

インディアンは西暦２０４０年、壊滅どころか消滅寸前であり、存在の痕跡すら残せなくなりそうになっている。

コミュニティの外側に敵がいた場合は効果的な戦略だが、内側にいた場合は南北戦争のように大きな禍根を残す。


マンハッタン島の国連ビルは国際領土ということになっている。

ほとんどの国や地域の大使館が集まる人種の縮図。

その国のどれかがモザイク国家の次なるターゲットなのだろう。

アメリカは団結するために、神に捧げる生贄を選び出す。

そして国内のブラッシュアップに利用するのである。

「我が国民と国家の生存を賭けたこの恐るべき災害との戦いにおいては、アメリカ領内の全ての資源を徹底的に利用することによって被害の拡大を弱め、偉大なる勝利へ肉薄してゆく！そして我々は政府機関、軍事施設、輸送機関、通信設備、産業施設、補給所等、これまで破壊されていないもの、あるいは一時休止の状態にあるものの全力稼働や、我々のために役に立つとする意見、それらあらゆる措置を忌憚なく講じていかなければならない・・・今自分が被災者ではないから関係ないなどという考えは誤りである！我々の真の敵は無関心と思考停止である・・・油断する時、傲慢な時、敵は住民への思いやりと配慮などは全く念頭になく、焦土しか残してくれないのだ。」

ローレンツ大統領は全米の国民に対して声明文を読み上げ協力を求めた。

復興名目の特別な税を課すということである。

「有事における公的な予算捻出は、アメリカ国民と国家の救済にとって必要か否かという観点から判断されるべきであり、この考えが、いつでもどこでも、中心にされねばならない。」

大統領は、二大政党制が形骸化していた連邦議会に同意を催促した。

野党への根回しはしていなかった、与党がかつてないぐらい多くの議席を確保していたからである。

そしてアメリカ連邦議会の与党は強気で国防関連予算の増額を要求している。

これは、この時期においては想像力の欠如とも言い換えられる。

軍産複合体企業からの要望ということでもある。

「これら一連の災害は、宇宙人による地球環境再生のためのテラフォーミングに違いない、そしてアメリカ合衆国を率いるべき人物こそが救世主【メシア】なのだ、選ばれし時代の選ばれしリーダーであるはずなのだ。」

財閥、富裕層による息の掛かった議員たちが、おかしなことを真顔で言い始めていた。

議会には、怪訝な顔をして聞いている者たちと、副大統領の方を見ながら同意している表情を示す者たちがいた。

「ローレンツ大統領は我らが国軍の最高司令官に相応しくない、弾劾すべき。」

「異議なし。」

「何が宇宙人との闘いだ！何を言っているんだ、こんな時に。」

「災害復旧予算の捻出に軍事予算を絡めようとしている、恥を知れ！」

「静粛に、皆さん静粛に、厳正であるように。」

議論は踊るが進まず、大統領のリーダーシップの欠如が招いたと、閣僚からも指摘が相次いだ。

地球から二百万キロメートル以上離れている距離からは深宇宙という。

そこでの精密電磁誘導が成功しビリヤード台の上でキューが回転しながら進む。

計算され尽くした動き。

必然は、積み重ねられた偶然なのか。

毎年何百機もの人工衛星が宇宙に何らかの目的をもって打ち上げられている。

ラグランジュポイントで安定する新鮮な衛星たち。


数年前に打ち上げられた惑星探査衛星の何機かが、火星と木星のゾーン【アステロイドベルト】で通信が途絶える。

２０３８年一月後半に、古めのコンピューターの誤作動事件が世界中で起きた。

それによりいろいろな周波数の誤送信も引き起こされ、誤受信も起きていた。

ひょっとすると世界の何処かで進化のイメージが形成されたかもしれなかった。

現代の哲学者たちは当時をそのようにのたまう。

フランスのストラスブールでは、欧州議会によりアメリカの情勢が議論されている。

加盟国の欧州議員が集まって、どれぐらいの支援と見返りがあるべきなのかの意見が嬉々として飛び交う。

そして、隕石で巻き上げられた塵の、ヨーロッパへの影響にも懸念していた。


ボイスオブアメリカ【ＶＯＡ】が緊急事態管理庁【ＦＥＭＡ】などの政府関係者各位の対応を海外に伝えている。

その中でもハリケーンにおける沿岸警備隊【ＵＳＣＧ】、の奮闘を特に称えていた。

まるで隕石や課税のニュースに触れさせたくないかのように。

ルイジアナ州ニューオーリンズが本部の沿岸警備隊第８管区は、ミシシッピー川とメキシコ湾を担当している。
以前その責任者だったシルヴァ・ウォーター沿岸警備隊総司令官は国家安全保障省長官や上院の推挙などもあって
沿岸警備隊出身者で初の、統合参謀本部議長に就任した。
国家安全保障省【ＤＨＳ】の下に沿岸警備隊は所属する。

・・・曇り空の下で・・・

「アラバマ州は黒人差別が同居している土地っていうのを聞いたことあるけど、そういう風には見えないね。」

「表に出てきてないだけですよ、お客さん、それとあまりそういう事は大っぴらには言わない方がいい。」

「そうね、これ以後は発言に気を付ける。」

南北戦争の時に南部連合国の暫定首都と定められて、負けて黒人差別だけが残っているとかで、ベアトリスは学校の教科書で大雑把に知ったが、何故現在でも黒人差別へとそれがつながっているのかは理解が難しく、外国人の若い彼女には洞察と配慮が足りなかった、一応小声でぼそっと喋ったけれど。

レンタカーを借りる手続きの合間の、アジア系受付嬢とのちょっとした世間話のつもりだった。

その時、店内待合室の通路近くで、地元の住民と思しき厳つそうな肥満気味な白人男性がベアトリスに声をかけた。

「あんたみたいなのと一緒にモンゴメリーでカジノを楽しみたいねぇ、どうだい行ってみねぇか？」

「カジノなんてやりたくないし、出発する時間だから。」

店内に数人の若い黒人女性客がいたのに見向きもしてなかった男の斜め後ろへと目ざとく躱し、彼女は車で機敏にこの街を去っていく・・・

人口約５００万人のアラバマ州。

州都はモンゴメリー、最大都市はバーミングハム。

農業よりも観光業が主要産業で、自動車製造や軍事基地関連の工業部門も盛ん。

州内には大きな河川流域が在り、国内二番目の長さの内陸合計水路を持つ。

川と海浜と港の州だが、六本もの州間高速道路が東西南北へ伸びており国道も多い。

土地の七割近くが森林の平原地帯で、最高標高地点はチーハ山の７３５メートル。

カンザス州と並ぶほど竜巻が多く発生し、オクラホマ州と並ぶほど動植物が多種多様に生息する。

三十万語以上からなる世界最長のアラバマ憲法は、この州の人種差別を巧妙に隠すためと指摘されることもある。

南北戦争で敗れ１８６５年、合衆国憲法修正第十三条の批准によりこの州に住む黒人奴隷が表向きには解放された。

１８６８年まで軍政下に置かれ、黒人の生存権が向上したが、しかし公民権の獲得は西暦１９６４年である。

全米で黒人が普通の市民として過ごすためには、悪名高いジム・クロウ法との１００年に及ぶ戦いを必要とした。

かつてこの土地に住んでいたインディアンたちは、涙の道を徒歩で移動させられ、その途中で大多数が力尽きる。

アラバマ州は近年、人種に関係なく成人の肥満率が増大しているらしい。

アラバマ州バーミングハムを、コンパクトなレンタカーで軽やかに出発してから2時間半後。

ベアトリスはジョージア州の大都市アトランタに入りそして空港へ。

しかし民間航空機は5分前に全便運航停止となっていたのであった。

残念なような、そうでないようなどっちつかずの気持ちになったが、まあ良い、とした。


…夕刻前、休憩で寄った広い駐車場にて、再び大型ドローンとアンクルサム人形が彼女の近くに出現した。

「また会ったね、ベアトリス・カモノー、君は賢いから来ると思っていたよ。」

「あなた、河川の修理とか行かなくていいの、隕石とハリケーンでミシシッピー川が溢れているらしいよ。」

「ダムと河川の修復はアメリカ陸軍工兵隊の仕事だよ、合衆国憲法第一条八節三項で規定されてる。」

「私が今ここにいるのがわかっていたってことは、見張っていたのよね？」

「僕も用事でこっちの方面を通っていたのです。」

「偶然なはずないでしょ、なんて変な言い訳をしているの。」

「とりあえず僕に何か質問があるのなら受け付けてあげなくもないよ。」

ベアトリスは疑惑の視線と幾つかの質問を彼らに投げかけることにした。

とりあえずドローンのジョーは当然として、人型のウェルグリズリーがなぜ空を移動できるのか、その件について。

「あなたの方はどういう仕組みで浮いてるの？」

そう聞かれるとウェルグリズリーはすぐに答え始める。

「いい質問の仕方だね、つい答えたくなるよ、実は僕は人形なんだよ、それは前にも言ったよね。」

「人形だから宙に浮く、軽いってこと？」

彼女がすかさず言葉を返した。

そしてウェルグリズリーは首を少し横に振りながら話を続けた。

「軽いことは確かだよ、シリコンボディにシリコンデバイス、外皮は軽量ゴム、肩甲骨が磁石、この大型ドローンが出力するガイド電波に反応して磁界を形成し、重量が大きいドローンのジョーの方に引き付けられる、分かり易く簡単に言うとそういう感じかな。」

「ふーん、何となく感じはわかった気がするかもしれない。」

イラっとしていたベアトリスはわざと曖昧な、ふざけたような返事をした。

「それで・・・、何故私の進行方向に現れるの？」

彼女は、一番言いたかったことを彼に言ってみた。

「貴女の脳波で僕の感性が洗練されるのです、近くで対面で話す場合には、より顕著に。」

大型ドローンから機械的な声が聞こえてきた。

「あなたしゃべるんだ、それで・・・何なの？」

ベアトリスは一瞬驚いたが気にせず質問の答えを促した。

この時にもウェルグリズリーの穏やかそうな表情に変化はなく、口出しする気配もない。

「アメリカ国内にいる人は全員、特定機関によって脳波の周波数の位相や振幅なんかをこっそり測定されています、なので、その情報で僕にとって最も相性の良い心地良い脳波の人物を選び出し、そして時々近くにいることで、僕の能力が向上することの役に立っているのですよ。」

「何それ、時々勝手に充電しに来てるみたいなもの？・・・あなた、私を充電器代わりにしてる？」

「僕の行動を客観的に観るとそういう状況であることは否定できないのですが、しかしながら、貴女にもメリットが有るのです。」

「全然思いつかないんだけど、どんなメリット？」

「貴女が隕石被害による停滞から逃れられたのは、僕の助言による結果ですよね、もしパッケージツアーを続けていたなら今頃はバスで右往左往していたか、ホテルで長期的滞在を強いられていたか、なのでしょう？」

今ベアトリスが脳裏によぎった事は、一緒のバスで各地を巡っていた他のツアー客たちの安否であった、気になっていたのだけれどもどうしようもないとも感じている。

「元々はパッケージツアーを離れて単独旅行にするつもりだったし、助言が有ろうがなかろうが結局アトランタに来ていたと思う・・・停滞は自力で回避していたってことで、これであなたの理屈は崩れて私のメリットは無しになった、だから今後は私の前に現れないでね、賢い機械なら嫌われる寄生虫みたいな行動はしないんじゃないの？」

ベアトリスは先行きのわからない旅の不安でフラストレーションが溜まってしまって、喋る小賢しい機械に対して八つ当たりする感じになった。

「生物は基本的に相利共生、寄生し合って存在しているのです、そして未来も過去も相利共生かもしれません、僕が行くところに貴女が現れている、と解釈することもできます・・・。」

ジョーがそう語った時には、すでに彼女はウェルグリズリーに視線を移していた。

彼が何か言いたそうにしているような気がしたのだ、まるで彼が言う脳波とやらを察知したみたいに。

「未来のことだけを考えていたら現代の苦境に対応できなくなったり、過去のことだけを考えていたら現代の流れについていけなかったり…バランス配分は必要だね、ベアトリス、君はそう言いたいのだろう。」

静かになっているドローンのジョーの半メートル真下で、ウェルグリズリーはありふれたような一般論を述べた。

だがベアトリスはそんな見当違いの世間話には関心が無かった。

彼女がその場を立ち去ろうと横に歩み出すと、その歩調に合わせるようにドローンは上昇しアンクルサム人形ことウェルグリズリーと一緒に雲の中へと飛び去って行った。


彼らが視界から消えてくれたのでほっとして、呟く。

「面倒・・・また会うってことなんだろうな・・・他の素敵な出会いとかあればいいのに・・・でも今ホントどこも、他の人たちはそれどころじゃないはず・・・。」

若い旅行客の口からため息のような愚痴が漏れた。

停めてあるコンパクトな銀色のレンタカーを見て、旅行客らしく旅行を続けることを思い出した。

そして、せっかくここまで来たのだから有名なニューヨークシティとかフィラデルフィアとかワシントンD．C．なんかにも行ってみようと思った・・・

ベアトリスという女性は、良く言えば肝が据わっている、悪く言えば無鉄砲、なのである。

取り敢えずそこら辺の手ごろな値段のモーテルで一泊し、移動の疲れを取ることを考えた。

アトランタから北へもうちょっとだけ先に進んでからでもいいやと、どさっと運転席に座り、車を走らせた。

報道によって隕石の被害状況が全米の一般市民にも伝わり出し、懸命な救助活動等も行われていた頃には、遅足のハリケーンは、勢力が弱まっていて、現在アラバマ州海岸付近からフロリダ州北西へとゆっくり渡っている。

そんな時に、今度は巨大地震が発生した。

元々、小さな地震は多いアメリカ南西部だが、これまでにない程の激しい体感的な揺れを記録。

震源に近い州民はこの世の終わりが来たと、一瞬パニックに陥ったのである。

突然の巨大地震は狭い地域で起きただけではなかった。

西太平洋地域と南太平洋海底は連動するかの如く。

アメリカ西海岸を見守るロッキー山脈の南東、広大なモハーヴェ砂漠地下の東付近を震源とする巨大地震は悲劇のさらなる始まりに過ぎない。

地震に関する内容をアメリカ地質調査所【ＵＳＧＳ】がすぐに発表しメディアが伝える。
アメリカ西部時間二十一時十一分、本土南西にて国際メルカリ震度八以上の巨大地震発生・・・
世界がトップニュースで速報した。

ハワイとアラスカで同時発生した大地震の数時間前にも、南太平洋全域と西太平洋マリアナ海溝沿いに、大規模で信じられないぐらいの巨大な揺らぎがあり、南太平洋に点在するとても小さな島々は粉々になって海に沈み消えた。
地震で生じる津波によってさらにいくつかの島々が同じく沈み消える可能性がある。
津波到達予想地域の中には、やはり西海岸のワシントン州、オレゴン州、カリフォルニア州がすっぽり入っていた。

ベアトリスはサウスカロライナ州の州都コロンビアへ。

人口約５００万人の州。

かつての奴隷制度の聖地であり、南北戦争開始の地である。

沿岸平原で湿度が高く、雪は滅多に降らないが氷雨は降る。

南北戦争で合衆国によって徹底的に破壊され、その影響が現在も残り、他の州に比べこれといって飛びぬけた産業が芽生えなかった結果、経済は貧困で農業も工業も全米平均に大きく劣っている。

南部から首都圏への通り道として、多くの国道と州間高速道路が有る。


長閑で平和な街をレンタカーは気持ちよく駆け抜けて行った。

その車を追いかけるように雲の中、時速を調整しながら飛行するドローンのジョーと、ポケットに手を突っ込んでスーパーマンのように水平に滑空しているウェルグリズリーの姿があった。

ベアトリスはノースカロライナ州シャーロットへ。

人口約一千万人の州。

夏は涼しく、冬でも氷点下になることはほぼない、1年を通して温暖な気候。

東海岸の州の中においてアパラチア山脈の高い支脈が揃い立つ、そこからの多くの川が農業を支えている。

金融ビジネスとモータースポーツの一大拠点。

清潔な道路体系と沿岸内水路が整えられている。

十一月、州花のハナミズキは紅葉に染まりつつ・・・

州都ローリーから国道一号線でリッチモンドを目指す、しかし。

「暗いだるいやばい眠い・・・そろそろ泊まるべきか。」

とりあえずローリーで州間高速道路から出て、大手チェーン店の普通のモーテルにてチェックイン。

室内は、おしゃれなインテリアと素朴なベッドにこじんまりとしたテーブルチェアーが備え付けられている。

デリバリーサービスのピザを平らげ、熱めのシャワーを浴び、朝食とチェックアウトに備えて就寝。

朝、軽めのコーンブレッドとモーニングコーヒーを取り、歯を磨いたらチェックアウト。

助手席に置いたバックパックの着替えなどを確認し、駐車場のレンタカーのエンジンを掛けた。

そして、少し走らせたらガスステーションに寄って満タンに給油。

もしガス欠で車が動かなくなったらすぐにレンタカー会社に連絡し、点検に来てもらわなければならないが、到着するまでに路側帯でじっと待っていることになる。

それは全米で普及しつつある電気自動車の場合だろうとも同じである。

ドアをロックし、車内にいても、駐車している場所が人通りの少ない状況では、決して安全ではない。

もし車や家に侵入された場合には相手の生死を気にせず全力で反撃しても許されるキャッスル・ドクトリンという概念がアメリカにあることを知っている彼女だが、今は手元に武器が無い。

拳銃を持ち歩く習慣はヨーロピアンには定着せず、そういうのは余程の事である。

天気は曇っているが景色は明るく、車外には人も車も多く見かけるので安全に思える。

しかし、人通りが多くても場所と時間帯によっては危険かもしれない。

ベアトリスは、インターネットサイトや本で学んだ一人旅での注意点を思い起こしていた。

「親切な奴や、偽ガイド、偽警官にも気を付けること･･･それと、私の周りをうろうろしているドローンね。」

給油を終え、発進する際、声に出しながら確認した。

ここ数年は極端なユーロ高ドル安なので、ヨーロピアンの彼女の生体認証型クレジットカードの残量は安泰だ。

金欠の心配は杞憂と考えている。

全面ドル安のアメリカ国内は近年では、空前の観光ブームに沸いている。

緊急地震速報を、走行中にカーラジオで聞いたベアトリスはふと、ウェルグリズリーとかジョーだったかが言っていた･･･これなら大丈夫･･･、という文言を思い出して気になった。

「一体何が大丈夫なんだろう、バランス配分が大事とか……」

ラジオからはアナウンサーが地震の影響範囲はとてつもなく広大だと伝えている。

アメリカ南西部、ロッキー山脈の中央からメキシコとの国境線までに及ぶらしいが、反対方向へ車を走らせていた旅行者である彼女としては、自分が安全圏にいることに心底安堵している。

「太平洋全域もかぁ……凄いけどでもヨーロッパは大丈夫ってことね、とりあえず良かった……」

帰る場所の心配、これが彼女にとっての重要なバランス配分だった。

・・・・・

ユタ州は人口約３００万人で、コロラド高原のフォー・コーナーズの一州だ。

州民の六割がキリスト系モルモン教徒である。

教育熱心で道徳に重きを置き、喫煙とギャンブルとアルコールには厳しい州。

炭鉱業とウインタースポーツだけでなく、五つの国立公園と多数の州立公園が映える観光業が盛んとなっている。

ユタ州南部からアリゾナ州北部に在るナヴァホ山、その地下、深さ一キロメートルを震源とする余震が、中西部を強く揺らし続ける。

ソルトレイクシティ国際空港に続いて州内の他の空港も運航を一時的に停止。

南北への州間高速道路Ｉ１５号線と、東西へのＩ８０号線は寸断され通行不能になっていた。

観光客はパニックに陥り、これからどうするかを悩み、右往左往しながら移動手段を探していたが州民の多くは、手を合わせて冷静に神に祈り、事態の鎮静化を待った。

州内の建物の三割が倒壊し、虚しくサイレンが鳴り響く。

・・・・・

ユタ州の東、州都デンバーとコロラドスプリングスで有名なコロラド州。

人口約６００万人で、コロラド高原のフォー・コーナーズの一州だ。

ロッキー山脈の中央に位置し多くの自然保護区を有し、州平均標高の高さで全米一。

金鉱脈と銀鉱脈に富むこの山岳州での気候は様々。

メキシコとテキサス州を分ける長大なリオ・グランデ川の水源が在る。

州面積の三割の平原では農業が盛んとなっている。

アメリカ連邦政府の重要機関が集約されているハイテク州で、食料とエネルギーを自給自足可能である。

発展目覚ましく、自信に満ち溢れ、まるで首都のような雰囲気の万能州。

南北州を繋ぐ州間高速道路Ｉ２５号線と、東西へのＩ７０号線はやや損傷して一部が通行止めになっている。

住民と町は喧騒と混乱の中に有っても、重要施設や州議会議事堂が健在なのを知らされて何故か落ち着いた。

民間空港は一時閉鎖されているが軍の空港は平常運航であった。

・・・・・

コロラド州の南、ニューメキシコ州の中央をリオ・グランデ川が流れる。

人口約２００万人。

コロラド高原のフォー・コーナーズの一州。

砂漠平原の南部と山岳原生林の北部が共立している。

原油と天然ガス、そして軍事関連が主要産業だ。

最初の核実験が行われたホワイトサンズの軍事施設は、元々はインディアンが多く住まう土地だった。

アメリカ合衆国という国家の地位を高く押し上げて維持するためには、犠牲を必要とした。

この州は今、ハリケーンの豪雨で水浸しになり、そこへ巨大地震が到来した。

まるで州民たちをこの地から追い出そうとしているかのように巨大連続災害が暴れ狂う。

・・・・・

ニューメキシコ州の西、人口約７００万人のアリゾナ州。

銅山と、インディアン芸術の中心地。

コロラド高原のフォー・コーナーズの一州。

土地の七割は合衆国連邦政府の管理地である。

山岳と砂漠と森林と台地のこの州は、多様な気候で彩られている。

有名なグランドキャニオンや、メテオクレーターなどの大自然遺産の観光業。

州都フェニックスのエレクトロニクスは、この国のＩＴ事業を支えている。

今回の地震でも水力発電所の名だたる巨大主要ダムは健在だったが、不穏なる空気が迫りつつあることに州民も、

ガラガラヘビもサボテンも全然気がついていなかった。

・・・・・

アリゾナ州の北西、カジノで有名なラスベガスのネバダ州。

人口約３００万人、ほとんどがラスベガスとその周辺に住んでいる。

雨が少なく、農業に不向きな乾燥地帯は鉱業とカジノが主要産業だ。

街にはゴミと銃所持者が溢れかえり、全米で最も治安が悪い。

土地の八割は合衆国連邦政府の所有となっている。

インディアンにとって神聖な砂漠は核実験場へと変えられ、神聖な山の地下は全米から持ち込まれた放射性廃棄物の埋蔵場に変えられてしまった。

この国の歴史にも、地震被害にも無関心な大勢の観光客がラスベガスのマッカラン国際空港のスロットマシーンに夢中になっていた。

・・・・・・

震源からやや遠いカリフォルニア州では、内陸部の街と海岸沿いの街は穏やかに時が流れている。

人口約４０００万人。

太平洋とシエラネバダ山脈の間に長く伸びた温暖な州。

土地の四割は森林地帯で、毎年のように何らかのきっかけで大規模な森林火災が起きている。

昔、金鉱脈の発見によるゴールドラッシュで経済が発展し始めて、現在は全米トップクラスの情報産業、観光業、漁業、農業、畜産業、航空宇宙産業に至っている。

そして世界有数の教育機構を持ち、文学や音楽や映画、スポーツなども盛んである。

古今東西で多種多様な文化が入り混じる。

誰もが羨む豊かな盆地に恵まれて、リベラルな北部と保守的な南部が切磋琢磨し発展を進めている。

だが・・・嫉妬の悪魔リヴァイアサンはすでに遠くから動き出していた。

光の中、ネルラは夢見る・・・

インディアンが崇める大地の精霊との対話を・・・

揺らめく炎を見つめて・・・

人類をはるか黎明期より見守っている風に溶ける・・・

空を流れて、かけがえのない水と一緒に降りる・・・

いつか、雨曝しの大地と同化して、宵闇で微笑む・・・

ヴァージニア州に入ったベアトリス。

レンタカーでローリーを出てリッチモンドまでは約三時間。

ヴァージニア州といえば、ポカホンタスと呼ばれるインディアンが住んでいた事が米国内で広く知られている。

その人が嫁がされたイギリスでもある程度は有名だし、ヨーロッパの教科書にも好意的に描かれて載っている。

なので、少しポカホンタス関連の土産物でも漁ろうと思い立って市街地へと進むと。

渋滞気味になっている交差点で何やら大声が聞こえてきた。

「民主主義の基本理念の一つは・・・万人の利益こそが善・・・である。」

握り拳を上げながら大男が大通りの真ん中で人々に叫んでいる。

「パノプティコンの功利主義によれば・・・被害者無き犯罪は犯罪にあらず・・・である。」

パトカーの赤色灯が結構な遠くで発光しているのがベアトリスにはしっかりと見えた。

ヨーロッパからやって来たこの女性は、どこかへ移動しているときにはいつも、バードウォッチング用の双眼鏡を首から胸にかけてセットしてネックレス代わりに身に付けている珍しい癖を持つヨーロピアンで、運転中ももちろん、信号待ちや手持ち無沙汰の際にはおもむろについ使ってしまうのだった。

「今日に至るまでアメリカは、天国に迎えられる唯一の格別の国であるかのように振舞っている！何故ならば常に民主主義のアメリカの存在は万人の利益であり、だから、故に善であるという理屈が働いているためだ。」

遠く前方で他の車が端にどいてパトカーへ道を開けている。

「これまでにアメリカが残忍に打ち倒した存在は全て悪の存在であるという偽善のためだ、悪でなければならない、白人のアメリカにとってはインディアンも、有色人種も、常に悪でなければならないのだ！」

見た目がまさに有色人種のそのインディアンは、パトカーのサイレンの音に動揺もせず、主張で悪態をついていた。

「この卑劣によって、罪悪感という概念を無用としている！アメリカの白人は善そのものであるから、死後は天国に行ける、アメリカという国家に神から救いが降り一部の白人だけは常に救われるなど傲慢そのものではないか！」

交通を妨げている要因の人物に対して、周囲の多くの車からクラクションが鳴らされている。

「その為には、国家規模の殺戮や犯罪など一度もやっていないことにしたいのだ！・・・もし仮にでも、神に選ばれたアメリカ合衆国という醜悪な強奪国家が罪悪感を認めてしまえばそれは、奴らの宗教でいうところの煉獄とやらでも決して浄められない罪悪の発現によって、深淵の地獄の底に落とされることになる！」

二台のパトカーが男の近くで停止した。

「合衆国の典型的な愛国者たちはそれを解っているからこそ認めないのだ！」

四方八方で待たされている車からのクラクションが煩くけたたましい。

「だからこそ、大地の精霊はお前たちの卑しい神なんてものを認めたりは・・・」

そこで言葉は力ずくで遮られた・・・大男は警官たちに取り押さえられて歩かされ、パトカーに放り込まれるように乗せられ、どこかへと連れて行かれ、そして、交通渋滞はようやく解消された。

場に残っていた一人の警察官に聞き取りと称してプライベートや連絡先まで聞かれそうになったが、ベアトリスはスケジュールぎりぎりの旅行中で大変忙しい、などと急かしてどうにか逃れてそこから出発した。

聞き取りのその際に、インディアンが言っていることが全然よく分からなかった、とは本当は言いづらかった。

彼女としては…ヴァージニア州はアメリカ独立宣言の起草の地であり、インディアンの暮らしていた土地に入植者という余所者が勝手に押しかけ、自由の国を名乗ったのである・・・のようなことぐらいは知っていたからだ。


町の様子は騒がしいような穏やかなような、それは西隣のウェストヴァージニア州も同じく・・・アメリカの南部とミシシッピー川沿いの州、そして中西部が遭遇したような災害とはまだ無縁であった。

アーモンド副大統領は、愛国者的な雰囲気を前面に押し出して、民意を汲み取る芝居に常日頃から邁進していた。

「ハリウッドスターから大統領になった人物もいるなら、副大統領からハリウッドスターになってもいいだろう？」

数か月前に、懇意の議員たちを集めたパーティーでそうおどけて見せていた。

「しかし吾輩は映画俳優を目指して演技していない、ここにいる賢明な諸君らは知っていることだな？」

その言葉に閣僚候補の議員たちは反応し、小さな笑いが巻き起こる。

「吾輩という天才役者が映画界に参入しなかった事は、ハリウッドにはさぞ残念な損失だったかな？」

パーティー会場で背景のようにたたずむ財閥関係者や富裕層の代表者たちも大きな笑いで華やいだ。

アメリカ合衆国の指定生存者【サバイバー】は大統領継承権を保有するポジションだ。

大統領や上院議長である副大統領、そして下院議長や省の長官が不測の事態で一斉に倒れた時などに備えて居場所を他に移している、現在その役は国家安全保障省長官が担っている。

当然今その僭称者は連邦議会議事堂に姿を見せず、安全な場所で虎視眈々と災害情報に神経を尖らせていた。

「今や議会の掌握など必要ないなぁ、メディアのコントロールと少しの民意が有りさえすれば事足りる。」

ハリケーン【イナンナ】による被災地域では、合衆国法典第三十二編を根拠に州知事たちが上手く州軍を指揮し、川の氾濫被害を減らすため、土嚢を堆く積み上げていた。

ミシシッピー川の沿岸流域では水陸両用車がひっきりなしに行きかっている、その車はボートよりもパワーが有り、固くて流れてくる障害物にも押されない、ちょっとした段差ならば越えられなくもない。

線状降水帯が暴君のように空に居座っては大雨を降らし、河川の氾濫だけに飽き足らず上下水道からの内水反乱を引き起こし、沿岸の町は総じて冠水した。

隕石の直接的被害を免れた被災者たちは、電力が復旧するまで、冷えてきている住居を出て、駆けつけた災害対策チームが急遽設置した仮説キャンプ場へと移動し、暖をとっている。

地震の被害も広範囲に波及して、平和なんて本当はどこにもない、ということを東海岸以外の超大国の住民たちがそろそろ思い始め……心理的退避方法の、神によりアメリカ国民は救済される、という事の実現性は、疑われていた。

救国を目論む者曰く・・・

「神を信じすぎて、挙句の果てに思考が神に支配されている者は奇跡を待つ、毎日その場しのぎをしながら、自分にとって無責任で都合のいい奇跡を・・・それだと愚者だらけの堕落した国になってしまう・・・」

開放を目論む者曰く・・・

「神に支配されているという強迫観念を打ち破る手段は、自分が自分の神になるしかない、そうすることによって神をも開放するのだ、そして神などに執着しなくなる。」

支配を目論む者曰く・・・

「神が施した大災害で、奴隷のように拵えられた国民のマインドが改善してしまうというのは、それは良くないな、国民が妄信するアメリカという神を生贄に、上手くコントロールし、手際良く支配する側に立たなければなぁ。」

不思議な事に、面識がない者たちが、同じような時期に同じようなテーマを心の中で述懐し、葛藤していた。

ホワイトハウスにて。

スピーチライターが原稿を用意し、それを暗記したローレンツ大統領が国民に呑気に語り掛ける。

「一という小さな数字を積み重ねてゆくことが、やがて大きな人生につながってゆくのです、そして九月十一日に、一一一を足すと一月一日になります、九月十一日といえば米国にとっていくつかのターニングポイントが有りますが、それがなんと、小さな一を頑張って増やしてゆくことで次の年、新しい年に生まれ変わることが可能なのです・・・・・皆さんお分かりですか、希望は必ずもうすぐやってくるのです、終わらない災害などありはしないのです、神はこの偉大な国を見守ってくださっています、小さな団結を積み重ねこの困難に打ち勝っていきましょう！」


たとえ平和で無くても幸せでなくても神を信じましょう・・・古来より宗教色の濃い国や地域では、そういう事を言っておけば困難に遭遇した民衆を制御出来ていたので、スピーチライターもそれに倣ってとにかく、こういう事を書いておいたのだったが、今はまだ十一月なので新年まで遠いな、と感じつつシャンパングラスに高級ワインを注ぎ、クリスマスシーズンの朝焼けに恋人と過ごす夢想を抱きながら、濃厚な高級ワインの豊潤さを堪能するのであった・・

ティマイオス

・・・少し成長したネルラは綴るように語りかける。

本来の色と形は、青と緑に白が混ざる、水平線にとめどなく敷き詰められている煌びやかなグラデーションなのに、今は残念ながら違っている・・・

夕陽の色に染まっているというのは、それも美しくていいけど、しかしながら困ったことに、正面から見ると迫りくる垂直の赤い壁になってしまっているみたいに見える・・・

ざわめく波頭は繰り返される合体を経てなおも勢いは衰えないから・・・

波しぶきが遊び飛ぶ心地良い交互の音節にも凪いだ風を、聞きなれている穏やかで勇ましい者たちですらも、今は恐怖の足音に戦慄せざるを得ないのだろうね・・・

アメリカ合衆国北西、オレゴン州とワシントン州から西方沖のファンデフカプレート・・・

メキシコ南東のココスプレート・・・

そしてカリフォルニア州に接する巨大な太平洋プレート・・・

海底の下のマントルの上、断層のずれ、弾性反発による岩盤の剪断破壊での誘発地震・・・地殻変動が時間差で太平洋を幾重にも囲み揺らす。

海底山体崩壊、海底地すべり・・・

遂に現れるべくしてやはり【津波】、が湧き出で現れたのである。

地平線、海岸線、水平線のずっと向こうから・・・

ゴゴゴゴゴゴゴオオオオー・・・

これでもう何度目かの大統領緊急声明だったが、ジェームズ・ローレンツ大統領はいつも通り冷静沈着に、意志の強そうな目を真っ直ぐに、特に西海岸の国民に向けて静かに語りかけていた。

「偉大なるアメリカ合衆国の国民の皆様方、あわてる必要はありません、どうか落ち着いて聞いてください、なぜならば、あなた方アメリカ国民にはこれまで数多くのあらゆる困難に見舞われ、そしてそれらをみんなで一緒に乗り越えてきた偉大な歴史があるのですから、なので、今回のこのような不幸も必ず乗り越えられるでしょう。」

今度は太平洋の方角から青緑色の巨大龍【リヴァイアサン】を彷彿とさせる壁の津波がアメリカ合衆国の西海岸に、獲物を発見したかの如く一心不乱にやってくるということを聴衆に饒舌気味に告げたのであったが、何故災害を別の存在に例えたのか。

スピーチライターが、この大統領は恐れを知らぬ最高司令官である、という演出の為に津波という敵は単なる神話の古い動物で、勝てない相手ではないから皆で頑張って打ち勝ちましょう…さすが大統領、万歳という安直な流れを作りたかったのだ、逆に言えばそんな言葉のレトリックでごまかさざるを得ないぐらいに大統領派の政治的な立場はやや追い詰められているということでもある。

ライバルの副大統領派からすればそういうふうに見えていたが、大統領スタッフはまだ自覚していなかった。

全米のテレビ番組は専門チャンネルを除いて被災地の現地中継一色になっている。

世界大戦の時でさえも起きえなかった、アメリカ合衆国の本土がこのような未曽有の危機にみまわれている今この時でも、ローレンツ大統領が熾烈な選挙戦を勝ち上がって見事に大統領になった時のような、落ち着いて得意の優雅な語りだったことは、人々に安堵と危機感を同時に発生させた。

アメリカ国民も、そしてアメリカ以外の国の世界中の聴衆達も、大統領の演説が次の選挙キャンペーン用の延長のようだと冷ややかに見ていた。

国の中枢に危機感が少ない気がするのは、超大国の余裕からなのだろうか。

ローレンツ大統領の座右の銘は・・・嫌われている時こそが普通の状態、危機の時こそいつも通り・・・だった。

「シルヴァ、お前はあのローレンツにどんな助言をしてやるつもりなのか。」

「はい、それはＮＳＣの権限の範囲内で、即時可能な施策と考えられるワード等々です。」

「そんなものだろうなぁ、精々面白いジョークでも喰らわせてやれ、今の奴にはそれがお似合いだからなぁ。」

サバイバーとその腹心の部下は、機が熟しつつあると感じ取っていた。

ハリケーンの中心部はフロリダ州北西の沿岸をなぞるように南東にゆっくり進んでいる。

今後の進路予想では、二十四時間後にはフロリダ半島の南端に移動し、カリブ海に浮かぶバハマ諸島やキューバやプエルトリコなどを経て大西洋へと抜けるはずである。

水害に耐え抜いたアメリカ南部地域は明かりを取り戻し始めていた。


隕石衝突の爆発中心地へ歩を進めている救助隊は、瓦礫の山の合間を縫うようにして車両の通行用の応急仮設道路を建設していたが、時間が掛かり過ぎる上に、有毒ガスや黒煙が漂う中での瓦礫の撤去作業は混迷を極めた。

前日まで雨が降っていた四つの直撃都市だったが雨はもう止んで、ミシシッピー川の増水による半冠水状態が残り、強風が吹き荒れて建物の火災が休まることを知らない・・・救助隊は空から降りられそうな場所を探して静まらない煙を迂回して、中心地の外側をうろうろし続ける……もはや生存者の確認と救出は絶望的であると判断された。


アメリカ合衆国へ地震が及ぼした影響は太平洋全域からすれば限定的ということになるが、普段見えにくい箇所に亀裂が走ったりしているので、これからの余震がさらなる被害を増やす可能性もある。

二十五歳のサウ・ルースはルイジアナ州南部の海岸沿いの大きな町で、アフリカ大陸北西の、リベリア共和国から移民した黒人の末裔である両親のもとで育ち、年の離れた妹たちの良き模範となる長女として、そこそこな暮らしを維持しながら頑張っていた。

学生の頃の目標は、パークレンジャーになってアメリカの大自然を守る、だったのだが色々あって達成することが出来なかった。

代わりに沿岸警備隊と同じ制服を採用している保健福祉省公衆衛生局の士官、という平時では民間人であり、非常事態においては大統領令により戦闘員として活動する、特殊な公務員に成ることができた。

大学などでそれなりの専門知識を習得した者が、直接任官制で、二週間の軍隊教育を受けて第一層は大規模部隊、第二層は中小規模、第三層単独行動のいずれかに配属されることになるというそれだ。

最大の任務は、国家の健康と安全を保護、奨励、促進すること。

漠然としているがしかし、合衆国法典第十編で定義される六軍二部隊の一つだ。

陸軍、海軍、海兵隊、空軍、宇宙軍、沿岸警備隊、に加えて海洋大気庁士官部隊、そしてこの公衆衛生局士官部隊【ＰＨＳＣＣ】である。

サウは科学者としてはハイレベルではないが、国家のために、ヘルスレスポンダーとして、自分にできる可能性があれば立派にやり遂げる所存である。

とりあえずパルスオキシメーターを携行してはいるが、使う場面はほぼ無いと思っている。

直感のようなものが彼女の中で囁いている・・・津波が来たら逃げることが先決だ・・・と。

そうしなければ恐らく、自分が救助される側になるだろう・・・と。

つい前日、ルイジアナ州から、ここカリフォルニア州に友人の会社設立記念パーティーの祝辞のためにやって来ていたのが仇になった。

肝心のパーティーは中止になり、国道、州道、あらゆる道路が大渋滞で今から空港へ行っても航空機は全て満席で何処へも行けそうにない。

すでに、カリフォルニア州経済の心臓部、人口約８００万のサンフランシスコ・ベイエリアに避難命令が出されてから一時間が過ぎようとしていた・・・

「来るんじゃなかった・・・」

サウは学生時代の裕福な友人たちに見栄を張ろうとしてここにやって来た事を後悔した。

アラスカ州アンカレッジと、ハワイ州ホノルルと、カリフォルニア州ロサンゼルスが描く正三角形の中央付近でも巨大地震が突発的に発生し、時速二百キロ以上の津波が標高の低いサンフランシスコ・ベイエリアに到達するまでの残り時間は、もう数十分も無かった。

最初に発表されていた津波情報は、アラスカ州とハワイ州と南太平洋方面で発生した地震から時間差で五時間から十時間後にアメリカ西海岸に到達するというものであった。

その頃は到達予想地域の住民も落ち着いていて、高い建物に居る者は特に動こうともせず、ある人々は交通手段を使って少し内陸部に移動する程度のことをやっていた。

ところがそんな矢先にサンフランシスコ・ベイエリアの西方沖で別の巨大地震が起きたのである。

その地震によって主要道路のいくつかが著しく破損され、交通渋滞や交通事故の頻発が余儀なくされた。

津波到達予定地域の各自治体で、警察官や消防士が上空から何十機ものヘリで住民に呼びかけるが、交差点で多くの車が乗り捨てられていたりするので車での非難は遅々として捗らなかった。

「市民の皆さん、消防と警察からの緊急のお知らせです、すでにご存知だとは思いますが津波が迫りつつあります、ですから速やかに安全な場所へ避難してください、慌てずにゆっくりと、戸締りも忘れずに。」

嗜めるような他人事のようなアナウンスなど逼迫した事態の寄る辺ない市民にはただ喧しかった。

「津波が来るぞー、どこかへ退避しろー、急げー。」

「どこへどうやって逃げればいいんだよ！」

「道路が使えねえから内陸部に避難できねーよ！」

「高い所に上れ、百メートル以上の建物が安泰だ！」

「そんな高い建物が西海岸でどれだけあるんだよ！もうだめだ、終わりだー！」

完全に逃げ遅れてしまった数百万人の避難民たちの慟哭にも似た嘆きの叫び合いが市街地にこだまする・・・

そして・・・

ゴールデンゲート海峡の間を、黒みがかった灰色の水がサンフランシスコ湾めがけて高さ百メートル以上の波頭をもたげて時速二百km以上で駆け抜け、アルカトラズ島の表面を消し飛ばしながら東へ、内陸部へと入っていった。

ヨットハーバーの全ての船は押し波を飾るアクセサリーになった。

海岸線にはもう誰もいないし何もない。

沿岸警備隊の船と海軍の艦艇、貨物タンカーも陸地に運ばれ遡上してゆく。

太平洋からやってくる津波は、さらにこれから二日以内に第四波まであるというのに、第一波でアメリカ西海岸の沿岸の街と内陸五十キロメートル以内の街を地獄の沼地に変えてしまっていた。

波頭は勢いよく岸壁などにぶち当たると、波しぶきがそこを登っていくため、現在の海面の高さが、避難している施設や建物よりも低いのでとりあえず大丈夫だと思って油断していると、引き波などで海中に連れていかれてしまう。

時計回りと反時計回りが隣り合っている散逸構造的なベルナール対流が、街のあちこちで渦巻いている、その流れの中では救いを求める声は、激流の音によって、かき消されて届かない、届いたとしても誰も何も出来なかった。

連邦議会は無力だった、大画面のモニターを、アクアリウムのように眺めているだけだった。

西海岸の幻想的な景色が、荘厳な水槽の中に飾られる・・・

サンノゼ・・・

峻烈な引き波に掴まってしまって沖まで運ばれる住民を、成すすべなく見ているしかない安全な高台にいるはずの避難民も、いつの間にか安全な場所から海中へと引きずり込まれつつあった。

ロサンゼルス・・・

融合波は比重を増し建物に激突し大音響を上げた。

高さ百メートルを超える鉄筋コンクリート造りの高層ビルの根元をへし折りながら貪欲に、勢いが衰えることなく次から次へと重量物を比重の一部に取り込みコンクリートという獲物へとぶつかり食らいついていく。

サンディエゴ・・・

どす黒く染まっている水が内陸部を這い上がる。

斜面を水膜状の波が登ってゆく、皆無な浸水していない存在の街、街の上に海がある上下が逆の状態へ。

メリーランド州とヴァージニア州にはワシントンＤ．Ｃ．と同じく政府の中枢機関が多く立地している。

そこでは今日の今の時間も普段と変わらぬいつも通りの格式高い写実的な時間が流れていた・・・

高台に避難している人々の眼前にも海水が近付く。

渋滞に巻き込まれて立ち往生するドライバーたちが車を乗り捨てて、少しでも高いところを探し求めて道路外へと彷徨する様子に、運転席で天を仰ぎながらサウは、風前の灯火で弱気になっている自分自身を叱りつけた。

「流れに乗るしかない！それしか助かる方法がない！」

サウ・ルースは運転する車の屋根のサーフィンボードの固定を外した。

横波にボードの横腹が当たらないように角度を調整し、ボードの上に体全体を乗せしっかりとしがみついて衝撃に備え、小柄な体格に空気を目いっぱい溜めこみ、海面に浮上するまで気絶しないように、そして流れてきた固い物体に自分が当たらないように懸命に祈る・・・

海岸からかなり離れた彼女のいるこの場所にも波高３０メートル以上の海水が姿を現し、高い海面を形成した・・・

それからしばらくして・・・

長い押し波に続き、引き波が終わった・・・

津波というリヴァイアサンの一匹目は東海岸を蹂躙し、そして去ってゆく。

沖の海面に浮かぶ、少し前の時間には生物だった物体は、ただその日その時その場所に偶然居合わせていただけで、何かの罰を受けそこにいるわけではない、潮汐力の引き波で遠くへ連れていかれたのだが、そんな不運な彼らを次の津波が来る前に発見し、可能ならば弔ってあげるのが生き残った沿岸警備隊と海軍の現在の任務でもある。

「我らのアメリカ合衆国が勝利を収めた、私の役割は国民の意識を1つにし、国を団結させることにある、全てのアメリカ国民に協力してほしい、私はアメリカ人によるアメリカ人のための大統領になることを誓う、そして、この誓いを信じてくれない人たちのためにも、信じてくれる人たちのためにも、懸命に職務を全うする、この偉大な国に降りかかった困難を振り払うことに全身全霊を尽くす。」

ホワイトハウスで、続投を決めたローレンツ大統領が、暗記した原稿の冒頭をすらすらと力強く読み上げた。

現状の時勢に適したスピーチ内容なのかどうか識者からは疑問の声が湧き、失態を政敵は好機だと喜ぶ。

サウは思った・・・
実家に預けている子供は無事なのだろうか、と。
一匹目のリヴァイアサンの猛烈な強襲を、サウ・ルースは奇跡的に切り抜け、生き残っていたのだった。
意識を取り戻して、口の中に入っていた泥水を吐き出した・・・
サーフィンボードに自分の身体を密着させ掴ませておくためのベルトが、結果的に命をも装着し繋ぎ止めた。
黒い海面を漂いながら、呼吸を調える。
・・・ベルトを外し、ボードから近くの建物の屋根に泳ぎ着く。
海中に取り込まれる前から何も覚えてない。
衝撃が近くに現れてから、何が起きたのかを知覚していない。
体感した時には気絶していた、ということだろうと考えた。
救助隊に発見されるまで、低体温症に備えなければならない。
何か色々しなければならないことがあった気がするが頭が働かない・・・
今はじっとして動かないことにした。

ワシントン州北部バンクーバー島からカリフォルニア州南部までカスケード山脈やシエラネバダ山脈の地下にて、サンアンドレアス断層が大きくずれてまたしても巨大地震発生。

大陸横側に裂け目が生じて地中深くにも海水が流れ込んでいた。
シエラネバダ山脈地下の僅かな隙間からさらに奥へと流体が入っていって地下のマグマとぶつかった気がした。
ロッキー山脈のどこかの地下で水蒸気爆発が起こった。

上は洪水、下は・・・・・・
でもみんな今そんなこと気にしている場合じゃない。
空はまだ青かった。
ネルラは役立つ情報を聞く、そして必要な情報を語る。

もし大統領に不測の事態が発生し職務を行えない状況になったならば上院議員議長でもある副大統領が職務を代行することになっている。

不測の事態というのは凶弾に倒れたり、健康面や精神面に不安があるなどとみなされる場合もある。

さらに副大統領も職務を行えない場合における次の大統領権限継承順位は下院議員の議長になる。

そしてその次は国務長官、その次は・・長官、その次は・・長官という具合に、行政の各長官に定められた順番で移っていくように法律で決められている。

合衆国法典第三編十九条によるものだ。

健康に不安を抱えていて静養を余儀なくされている下院議長はここ最近妙な胸騒ぎと幻聴の症状に悩まされていた。

コロラド州の自宅の書斎にいる彼は何故か、常識で考えれば絶対にあり得ないような内容の委任状のようなものを準備しておかなければいけないような気がしていたが、それは外部には到底漏らしていいような情報ではなかった。

……最高裁判所長官は立法のトップであり、何が有ろうと大統領権限継承順位には当然含まれない。

彼は裁判の他にも大事な職務として、大統領候補者の大統領への就任を見守る、というのがある。

大げさに言い換えるならば、就任を許可するのである・・・そんな人物も、偶然この州で静養中であった。

北緯三十八度、西経七十七度の街にて・・・

ベアトリス・カモノーは首都ワシントンD．C．にやって来た。

もちろん様々な記念建造物を足早に見て回るつもりなのだ。

大柄な彼女の体格には今一つ似合わない小さめのバックパックを背負って、どんよりとした曇り空の肌寒い日に、
大勢の観光客が行きかうナショナルモールの観光施設を、探索するように足取りを進めていく。

ワシントン記念塔やそれを映すリフレクティングプール。

リンカーン記念塔。

そしてそれから、スミソニアン博物館群の中でも最も人気の高い国立自然史博物館へと足を運び、さらに。

国立アメリカ歴史博物館。

ナショナルギャラリー。

国立航空宇宙博物館・・・などを巡り歩いた・・・

建造物は様々な建築様式でノスタルジーを誘う。

さらにナショナルモール以外の色々な歴史的建造物も散策していると・・・

撮影機材のような物を肩に固定し、マイクやら手持ちの端末やらにひたすら話しかけて歩いている何やら怪しげな動画配信者らしき人物を遠くに見つけた、どうやらウェルグリズリーだ。

恐らく実験でもやっているのかもしれない・・・公共の場に人間として紛れ込めるかどうかのような。

サングラスを装着して口を動かし声を発していると、周りの誰も彼が実は人形だとは感じないだろう。

旅行気分が今最高潮のベアトリスからしては、水を差された気分になり、やはり鬱陶しいと感じたので首都観光をそろそろ切り上げる追い風になった。

でもまあそろそろ旅行自体の終了の頃合いでも考えるいい機会かなと前向きに捉えることにした。

メトロかバスか・・・

だがやはりレンタカーを借りた。

しかし道路が混雑していた・・・ワシントンD．C．は全米一番の交通渋滞の遭遇率で有名なのである。

ニューヨーク市のマンハッタン区に車で行ってちょっとだけ観光して空港へ行ってヨーロッパへ帰ることを朧げに考えていたのだが・・・なかなかD．C．から車で出られない。

いつの間にかウェルグリズリーは自動運転車でベアトリスの近くまで先回りで来ている。

ピックアップトラックの荷台にはスペースぎりぎりで大型ドローンのジョーが居座っているようだ。

足早に記念建造物を観て回ったりしてお腹が空いてきたので、とりあえずレンタカー会社の営業所に車を返し遅めの昼食を取ろうと思案する。

「レモンの香りの何かが…食べたくなってしまったな…魚の、旨そうな何か、それと肉。」

メリーランド州の港街ボルチモアで、有名な海産物を食べようと考えていたがそこまで耐えられそうにない。

「ここで適当に食ったらアナポリス行ってその次ボルチモア。」
D．C．は実は治安があまり良くないらしいという噂は知っていたので、大通りからは大きく外れないように気を引き締めてさっさと観光しようと決めていた。
今この国が未曽有の大災害の最中なので、じっくり楽しめるような雰囲気ではないが、外国人の自分が観光を自粛したとしてもそれと災害の終息とは何の関係も無い、何の役にも立たない、という感じなので彼女は旅行気分を継続している、そしてニューヨークあたりの空港からヨーロッパに帰ることに決めたのであった。

災害に関しては他の大勢の観光客だけでなくこの地元の住民さえもどこか他人事のような、そんな感じに見えた。

コロンビア特別区とも呼ばれる人口密度1位の首都ワシントンD．C．・・・

厳密には州の一つではなくアメリカ合衆国憲法第一条で定められている連邦政府の直轄地である。

各国の大使館群と、ナショナルモールの名だたる博物館群。

アメリカの政府中枢施設が立ち並んでいる世界最重要地域。

かつて奴隷貿易で栄えたチェサピーク湾に注ぐポトマック川に隣接する行政、司法、立法の聖地。

今日もワシントン記念塔と国防総省【ペンタゴン】と、アーリントン国立墓地に静かに見守られている・・・
・・・副大統領と、彼の取り巻きの議員やスポンサーがアディロンダック山地の高級別荘にて集い語らう。
「生意気なカリフォルニア州はどうなったか？」

「意気消沈しているようですね。」

「国家規模の経済力で独立をちらつかせることは中央集権を崩そうとしているのと同義、これは天罰ですかね。」

「テキサス州も今や独立どころじゃなさそうですね、ニューヨーク州派閥による米国支配構造は安泰です。」

「ああ吾輩もそう思う、ペンシルベニア州などの有力州はローレンツが零落すれば終わりだな？」
・・・権力争いにおける良からぬ企みというものは、いつも知らないところで行われるのが世の中の常である・・・

レンタカーは営業所に返却して徒歩で繁華街のような処へ出た。

ドローンのジョーは付いてきていないがウェルグリズリーが少し離れて付いてきていた。

「我々のいるこの世界は表なのか裏なのか、真ん中なのか、それとも支店、力点、作用点なのか、情報が不足していることが問題解決の妨げになっているのだよ、ベアトリス。」

彼女は・・・私の旅行気分を妨げているのはあなただよ、と言いたかったが我慢した。

警察に通報した場合この問題は解決するのだろうかとちょっとだけ悩んだが、余計に旅行に支障をきたすと考えて、空気が付いてきているだけだと思うことにした。

しかしやっぱりウェルグリズリーと一緒に観光するのはなんか違うな、と感じ急ぎ足でコーナーを回ってはついに、離れて行動する事に成功したのであった、重量３０キログラム程の人型ロボット、ウェルグリズリーは、歩くことは出来ても、どうやら走る機能は備わっていなかったのである。

何かの任務中らしいので、派手に人目に付くのを嫌ってこれ以上追いかけてはこなかったようだ。

「ふぅっ、はぁっ、これであいつピックアップトラックのところに戻ってるはず。」

一息ついたらユニオン駅から地下鉄道でメリーランド州アナポリスへ移動することを思い付いたベアトリス。

だが得意のバードウォッチング用の双眼鏡でセンスの良い雰囲気を漂わせるレストランを発見してしまう。

惹かれて中へとダイナミックに入店。

メニューを選び、広めの席で牛肉中心の料理をほおばっていると、厳かなテーブルを挟んだ席の隣りで、高そうなスーツに身を包んだ男がベアトリスに視線を向けつつ話しかける。

「食事をご一緒してもいいかな？」

少し驚いた彼女だったが、すかさず言葉を返す。

「私に言ってるんですか？」

「はいそうです、お姉さん、どうでしょうか。」

ベアトリスは、男に食事を誘われるというのは昔からよくあるが、食事の最中に誘われるというのは無かった。

少し常識外れな人だな、と思った、が。

しかし見た目はなかなか格好良く、話し方は丁寧で清潔そうで、姑息な犯罪者にはとても見えなかった。

「まあいいんじゃないですかね、店員さんに注意されなければね。」

「それなら大丈夫、このお店は僕がオーナーだからね。」

肉類が入っていないランチをテーブルの上に滑らせるように置きながら告げる、そして優雅に座る、その男は上流階級の人間であると、そういうのとの交流が一切無い彼女でもそう窺えた。

「君とは初めて会った気がしないんだが、どこかで会ったかな。」

古くて常套な口説き文句なのに真剣に尋ねてきている気がしたベアトリスは真面目に答えることにした。

「いいえ、一度も会った記憶が無いです、他の女性と間違えているんじゃないですか。」

真面目に答えたつもりがちょっと突き離した感じになってしまった。

「僕の記憶違いだったかな、まあいい。」

男は野菜中心の食事をゆっくり味わっていたが、ベアトリスはあっという間に食べ進めつつあった。

レストラン内は災害被災者を祈ってなのか、照明を少し調整したような微妙に暗い雰囲気だった。

「他の地域は大変みたいだが、食事は誰にでも必要な事だよ、君もそう思うのだろ。」

「何もしてあげられないから、祈るしかないですよね。」

「祈りが誰かに届くとでも思っているのかな、祈るなんて無駄な行為だよ。」

男は切り捨てるように毅然とそう答えた。

ベアトリスとしては聞かれたから答えただけなのだが、必要な答えを解答出来なかった感じになってしまったことについては何か居心地が悪いし、彼が何を言おうとしていたのかよくわからなかった。

「一連の出来事は、堕落していたアメリカの新しい船出なのさ、新しい港からの、ニューチャリオット作戦だよ。」

「はあ、そうなんですか…」

彼女は初のアメリカ旅行で出会った男がこんなのばかりでがっかりしていたが、異文化コミュニケーションというのは大体こんなものなんだと割り切って考えた。

「牛肉はネブラスカ州のオマハ・ビーフ、ネバダ州原産のアルファアルファを良く咀嚼して成長し育てられた上等の味と食感だろう、栄養もたっぷりで品質管理も保証するよ。」

「アメリカ産の美味しい牛肉を現地で味わえて光栄です。」

「そうだろうね、世界最高品質のブランド牛肉だからね、アメリカ牛は。」

ベアトリスとしてはヨーロッパにもおいしい牛肉はあると言いたいが、空気を読んで相槌しておいた。

「ウェイター、このポテトはどこ産だ?」

「イエス、オーナー、アイダホ州のポテトです。」

「今やポテトは人類には欠かせない、無くてはならない存在だ、その起源はペルーのチチカカ湖畔だという学説が唱えられている、北アメリカ大陸には西暦１６００年代にアイルランドから持ち込まれ、入植者たちの開拓と西進にとっての貴重な食料源となった。」

店の外は静かな喧騒を湛えている。

「ポテトは痩せこけた土地でも生育しやすい反面、高温にも低温にも病気にも弱い、涼しい冷蔵庫に貯蔵した場合でもすぐに傷んでしまう。」

他の食事客はちらちらと雄弁家を一瞥二瞥していたがまともには聴かないように皿の上の食品と向き合っている。

「そして、緑色の皮や新芽には毒が有る。」

雄弁なオーナーはベアトリスの瞳を覗きながら神妙に囁く。

「しかし、コバルト６０から自然放出されるガンマ線を当てながら育てれば毒を抑制出来るらしい、ならば、この世界中をコバルト６０で覆ってしまえばポテトの毒だけはコントロール可能・・・」

「ポテト以外で何か他の気になる毒でもあるんですか？」

饒舌な男のテーブル正面で料理を食む女性客はとりあえず話に調子を合わせて喋ってみた。

「それはもう病みそうなぐらい多く常在しているよ、君に語り尽くすにはもっと多くの時間が必要だ。」

ベアトリスは適当に頷きながら分厚いビーフを噛み千切って食事に没入していた。

「ウェイター、コーンは？」

「イリノイ州のトウモロコシです。」

「レモンは？」

「カリフォルニア州です。」

「パンプキンパイのカボチャは？」

「オハイオ州です。」

オーナーの詰問調子に対して店員は誇らしげに颯爽と答える。

ベアトリスはやや面食らいながらもナイフとフォークを動かしていた。

「ほうれん草もオリーブオイルもチャウダーの魚介類も、全米から集められた素材を使っている、国の財産を皆で分け合っていると考えることができなくもない。」

「へえーそうなんですね。」

聞き手の若い女性はそれらの香しい食材を口に嵌め込みながらそして、もぐもぐと答えていた。

「富や財産は分け合わないが負担や苦難は分け合おうとのたまう、これが民主主義を用心棒にしている資本主義の正体なのさ、共産主義や独裁国家を敵という人身御供にして無知蒙昧な人々に対してその属性を誤魔化す、延々とね。」

レモンの酸味が程よく効いていて肉汁とハーモニーの薫香を醸し出していたのでベアトリスの美食欲は満たされた。

「アメリカ合衆国は飛躍しなければならない、暴れ馬のようにもっと激しく飛び跳ねる機会が要る、分かるかい君、この超大国をさらに押し上げるには、天国へと導いてやるにはね、たぶん君みたいな若さと活発さが重要なのさ。」

ベアトリスは彼の口説き文句の方向性がさっぱり分からなかった。

健康肌の女性客は、左手に軽く持ったスプーンでチャウダースープの最後の雫をすすって食事を終える・・・この男の、何かを知っていそうなもったいぶった言い方は誰かを連想させるが、アメリカ人男性というのは基本的にはもったいぶるか、一ミリももったいぶらないかの二通りしかないのかもしれないなぁ、と女性は思った。

「アメリカ合衆国にとって民主主義や資本主義、そして国際法なんて本来その気になればいつでも捻じ曲げて解釈可能なのさ、災害も含めたワールドゲームをスポーツ感覚で楽しんでいるのだよ。」

ヨーロピアンの彼女としては別にアメリカの偉大さの話なんて聞きたくもなかった。

「とてもおいしい時間を味わえました。」

ベアトリスがそう述べている間も男の高説はリズム感が快走し一人悦に入っていく。

彼女は食事代金とチップを手慣れたように置き、席を立ちウェイターの横を通り過ぎる。

「それではさようなら。」

淑やかな淡い金髪を翻しながら、食事が遅い男を後にして店を出た。

残された男は、学生時代からの恋人とのやり取りを思い出していた。

厨房から出て来たチーフシェフが、フォークが止まっている男に声をかける。

「お皿、お下げしますよ、オーナー、やはりいつものシーフード料理の方で良かったのではないですかね。」

「…そっくりなんだよ、彼女、ハリストーに…彼女、野菜もっと食べなさいって僕にいつも言ってた・・・」

「さっきのお客さんがオーナーの恋人によく似てたのですか？」

「そうさ、まだ若い時の…魅力的だった頃の…そうだよ、ローレンツに見初められる前のあの時期までの…」

アメリカの北西部、雄大なロッキー山脈に選ばれ組み込まれているワイオミング州とアイダホ州の一部にも掛かる、イエローストーン国立公園の地下に溜まっている、地球の血と言えるマグマエネルギーの活動の表れこそが、パワースポットと呼ばれる場所であり、虹のような鮮やかな色遣いがその湖の表面を形成し、さらにあちこちで時々間欠泉が硫黄を含んだ熱水を噴き上げ観光客を楽しませるこの土地が、約二百万年程前の大昔にもどうやら噴火したらしいが、しかし今回のような隕石の衝突による間接的要因ではなかっただろう。

鉄隕石小天体の着弾点から発せられた衝撃波が地上と地下を絶妙な時間差で走り、反射と増幅で奇妙な周波数へと合成されて不協和音のようになったリズムが、マグマだまりに信じ難い悪い奇跡を起こしてしまったのだ。

地下での小刻みな地震の影響が化学的にも何らかの意味を持ったのかもしれない。かってこの惑星に奇跡の配合と外部的要因で生命が誕生したことに比べれば、全然大したことのないミラクルだろう、どうせマグネトロン効果とか何かだろう、この地球のメカニズムはまだ完全には解明されていないのだから。

解っていることは、人類の暦で西暦２０４０年十一月のこの火山噴火は、地球上の生命たちにとって当面は起きてほしくない悪い奇跡ということだけだ。

中西部は何十年以上も前から小さな地震が頻発している、なので噴火の兆候というものをはっきりとは掴めない。

ワシントン州・・・

人口約８００万人。

清潔で、気候変動にも敏感、ただし、インディアンに対する迫害には敏感とは限らない。

州の水力発電を下支えするザ・ダレス・ダムや充実した水路網やフェリー運航網が整備されている。

カスケード山脈から見て西部地域には温帯雨林、東部地域には乾燥した土地が開けている。

悪名高い核施設ハンフォードサイトのプルトニウム汚染が今も影を落とす。

オレゴン州・・・

人口約５００万人。

海岸の森には全米で最も高い木であるセコイアの木が立ち並び、南部には全米で最も深い湖が形成されている。

広大な森林による林業だけでなくワインやクランベリー、ヘーゼルナッツ等の様々な農業も盛んである。

入植者による民族浄化政策に抵抗したインディアンがモードック戦争で一矢報いた地。

信仰においては、近年ではキリスト教の影が減ってきている。

モンタナ州・・・

人口約１００万人。

農業、畜産、観光が中心の経済で、壮大な山脈群と峡谷の荒れ地が有名。

この州内からの豊かな河川の水は最終的に太平洋やメキシコ湾やハドソン湾に流れ着く。

土地の三割程を占める森林では全米で最も多くのアメリカヒグマが生息している。

そして七つのインディアン居留地がある。

ワイオミング州・・・

人口約６０万人。

砂漠のような乾燥地帯の州で、平野部に雨はほとんど降らないが、山間部には雪が多く降り積もる。

石炭と天然ガスの生産量は全米最大クラス。

土地の半分は連邦政府が所有している。

儀式や頭数制限の為にバッファローへの殺戮が絶えない。

アイダホ州・・・

人口約２００万人。

農業、林業、鉱業が盛んだったが近年は科学技術産業が躍進している。

経済の発展に伴い、発電エネルギーを他州へ依存する割合が高まりつつある。

この土地では、地球に存在するほぼ全種類の宝石が発掘されているがしかし、ジャガイモが特産品だ。

ネズパース郡の町ルイストンには人工的なダムによる内港が在り、コロンビア川とスネーク川を船舶で太平洋まで往来することが可能となっている。

ドゴォォォォォオーン

・・・突如、天をつんざくような轟音が、はるか遠くまで響かせられて遂に、地獄の窯の蓋が空いた。

・・・イエローストーンとカスケード山脈の火山群がほぼ同時に目覚めたのだった。

・・・美しき遥か山頂の雪景色は崩れゆく。

西暦２０４０年十一月某日、夕方。


古来より、人間が山を崇め、空を見上げ、神々しさを感じ、そうやって宗教は起こる。

現在では、超大国という高みに昇ったアメリカが今や宗教そのものになろうとしている。

アメリカと呼ばれるその山は、この世界の誰一人として神々しさなどは微塵も感じない山なのかもしれないが・・・

ワシントン州のレーニア山と、２００８年6月に噴火活動の終了が宣言されていた活火山セント・ヘレンズ山までもが呼応するが如く。

もしコインサイズのブラックホールが地球上に出現した場合、潮汐力で火山が一斉に噴火するというらしいが、今何故、一体全体何の影響でこうなったのか。

噴煙の黒雲が空を闇に変えていく。

時速約１５０kmの溶岩流と、時速約３００kmを優に超える火災サージの勢いがハイペースで拡大していった。

山を越え谷を越えて駆け下りていく火砕流堆積物によって固められ、堰き止められていく哀れな川の支流たち。

数百度の高熱の火山灰がロッキー山脈一帯の山林に降下しては、樹木を手当たり次第に焼き殴っていった。

荷電粒子による黒雲発生で雷・・・・・エアロゾルで日光は遮られる。

衝撃波で航空機が空中分解…………コロンビア川に火砕流堆積物がなだれ込む。

大地はうなり上下する……火山灰の雲でＧＰＳが機能しない…

ダムや貯水池の水面に浮遊火砕物が溜まっていく。

「今度は火山噴火らしいぞ！」

「大地の精霊の怒りだ！」

「噴火したからどうだっていうのか、俺ら貧乏人の明日の仕事には関係ないよな。」

「アメリカへの旅行は危ないとか思われるんだろ？観光とかに影響ありそう。」

「たぶん食品の値段が上がるのがなぁ。」

「おいおい天変地異とか、他の国でやってくれ」

「家賃とか光熱費とか、だいぶ前から上がり過ぎなんだよ、もういろいろやべぇだろ。」

「政府は何をやってるんだ、何とかしてくれないと！さもなければ…」

政府を遠回しに罵倒し背徳の味を醸成し発奮する…

全米の、特に貧しい市民たちは略奪の正当性の論調を露骨にする…

付和雷同し暴動へと発展する機会が乱立しつつあった。

主に首都近郊の市民がインターネットから人為的に触発されて扇動されていたと、後ほど専門家は分析している。

アメリカ航空路火山灰情報センター【ＶＡＡＣ】によると火山爆発指数【ＶＥＩ】というのが最高レベルの７～８で、火山灰というのは、地下から地上へとせりあがってきた小さく細かく砕けた火山岩らしい。

ウルトラプリニー式噴火による噴煙と噴出物は成層圏から中間圏の高さにまで達して、今後一週間以内に火山ガスの霧が大西洋の上空を閉ざし、ヨーロッパにも火山灰の固形物の軽石などが降り注ぐ可能性が在るのだとか。

周辺地域に避難を呼びかけるが噴出口から半径数百キロ以内の地域では既に、窒息や火山灰の被害が甚大だった。

ワイオミング州とカスケード山脈の周囲に火山噴火の煙が風に流されて広がっていく。

モンタナ州、アイダホ州、オレゴン州、ワシントン州。

風向きが南へと変わればカリフォルニア州、ネバダ州、ユタ州、コロラド州、アリゾナ州、ニューメキシコ州。

風向きが東へと変わればノースダコタ州、サウスダコタ州、ネブラスカ州、ミネソタ州、アイオワ州。

粒子状の火山灰は雲になって千キロ以上も遠くで、黒い粒として地上にへばりつくことになることもあり得る。

その状態が何日も、あるいは何ヶ月も、何年も続くかもしれない。

サウ・ルースは自分が他人に比べて幸せなのかどうか悩んでいた。

そしてこの国の貧富の格差とそれに対する富裕層連中の無関心さには呆れていた。

リンカーン大統領の時代に勃発した自由と平等の大義名分の奴隷解放戦争などという、後付けの南北戦争の本質は、富裕層同士の縄張り争い、ある外国の教科書ではそういうふうに記述されることも知っているためだ。

サウ自身はどちらかといえば中流層で、特定の宗教には属してないがスピリチュアル的な事柄は否定的ではない、普通なパーソナリティだと信じている。

大学生活ではしばしば宗教に勧誘されたが、なびかない、というよりも心に響かなかった方の人間なのである。

神に祈りを捧げている時間をもっと有効に使う方が良い、という感じで。

もし時間に関する法則の応用で、貧しい人々とお金持ちたちを入れ替えられるならばそっちの勉強をしただろうな、というくだらない考えをしたこともあった。

しかし貧富の格差を相対性理論にすり替えてしまうのはどうなんだろうと思ってしまう。

そういえばアインシュタインによれば神は運命のサイコロを振らないらしい・・・

論理的には正しくて倫理的には間違っている気がしてならない。

神は誰も救ったことがないのは人類史が証明している。

では自分はどうなのか？

救えるものは救う、公衆衛生局士官としての任務だけでなく己の矜持に従って……でもまずは自分自身から……

「それにしてもやはりこういう非常時はビジネスマンが働く高層タワーは有利だ、それから小高い丘の上なんかに建てられている別荘とか。」

避難場所を保有しているのも富裕層の特権なのかなと、サウは思った。

娘と妹と父と母は、祖父母達は、友人や隣人家族は無事なのだろうか･･･サウは救いたかったし救われたかった。

アメリカの神は低い所に生きる貧乏人には慈悲を与えないのだろうか。

神はきっと高い所に住んでいるんだろう。

だから低い所に生きている貧乏人に興味がないのだろう・・・

・・・運動以外取り柄がない同級生ではなくて、同じような感性を持つ男に出会ってアピールするべきだった・・・

・・・幸せになろうとして失敗して、・・・それから・・・それから・・・

･･･いつの間にかサウは、うとうとして半分寝入っていたことに気づいた。

低体温症になりふらふらしながらも、ズボンのポケットに手を突っ込み、車が渋滞に巻き込まれて動けなかった時、念のために忍ばせておいた小さな懐中電灯を取り出し、暗い空にライトを照射したまま、ゆっくり振り続けた。

約二十分後、意識が途切れる寸前まで朦朧としていたサウ・ルースは、消防隊のヘリが自分の上空に空中停止したのを確認してから、懐中電灯を振っていた腕を下ろし気絶した。

・・・ヘリの機内で意識を取り戻し、神ではなく救助隊に感謝した。

数年前に結婚生活が破綻し、シングルマザーとして一人娘のサリカを立派に育てて一緒に生きていくと決めてからサウは、これから本当のあるべき自分にとっての幸せが再生されていくのだと考えていた。

とにかく今は安静にして体力を回復させなさいと、担ぎ込まれた病院でアドバイスされたが院内で通話に急ぐ。

実家との通話によって娘が無事なのを知り、ほっとして涙がこぼれていた。

微生物による再生【バイオレメディエーション】には遥かな時間を要する・・・

・・・なのに破壊は一瞬だ、宇宙誕生のビッグバンで何かが破壊されたように、それまでの何かは一瞬で破壊される。

そして果てしない年月をかけてゆっくりと再生が行われる。

自分の人生もこの世界も恐らくは何かの再生中なのだろうと、そんな事をサウ・ルースは何故かふと思った・・・

大西洋の東。

ベルギーの欧州議会は偉大なヨーロッパの復活を画策する。

初期のアメリカがルイジアナ州以西の広大な土地をフランスから購入したが・・・

その資金で軍備を増強したフランスによって、ヨーロッパがナポレオンに蹂躙された。

その百年後、第一次世界大戦・・・さらに次の大戦、ヒトラー政権の成立にもアメリカは裏で暗躍し・・・

ヨーロッパ人にとって恐怖の独裁者は、アメリカ人にとっては、アメリカに繁栄の道を歩ませる英雄なのだ。

そして現在・・・

今回は逆に蹂躙され、破壊される番になったのだというような陰口を言われている。

「弱っているアメリカは救世主を欲している、自信を取り戻すために自分たちの何かに陶酔し、不安や恥、恐れや焦燥感、血塗られた歴史の罪悪感を過剰防衛で消そうとするだろう。」

ヨーロッパは、超大国アメリカに対してさらなる優越感を嘱望している。

「アメリカは我々の劣化コピーでしかなく・・・つまりはミリアムよりネルラが優れているのです。」

呟きの主はイギリスのディラック首相だった。

ローレンツ大統領のスピーチ内容は大抵、複数の専門家が共同で作成するが一人だけで作られることもたまにある。

その中でも、ハリストー・ナーゴンは党が採用した優秀な人物で、二十年以上のキャリアを誇る。

アイビーリーグと呼ばれる、世界的に活躍する人物を輩出することで有名な東海岸のエリート大学を首席で卒業後に、政財界の裏方仕事であるスピーチライターという職業を選んだ。

その理由としては、学生時代の恋人に諭されてなんとなく、といったような漠然とした具合であった。

その恋人は現在、順当に出世して政府中枢機関の重要なポストに就いている。

エリートの家系ではない彼の、出世欲にとらわれたような野心的な性格に惹かれて、陰に日向に支えてきたつもりなのだが、最近は、何か切羽詰まったような余裕が乏しい彼の言動が気になっている。

しかし、偉い人が読むスピーチを書いているという名誉が、彼への思いと自分の人生への不安を和らげてくれる。

これまでも何度か党の歴代大統領や知事、議員候補などをスピーチで陰ながら支えてきた。

が、そんな彼女でもここ数日間の出来事は、いつものような上手い文言にできない程に慌ただしいと思っていた。

徹夜仕事で疲れがたまってきていた彼女は、ハリケーンの勢いが落ち着いてきたフロリダ州に、静養という名目で一旦休暇をもらって出かけることになり、その日のうちに首都を離れた。

日没で、夜が開幕した。

・・・ベアトリスが現在滞在しているのはメリーランド州の巨大都市ボルチモアだ。

彼女はデラウェア川を越えてニュージャージー州トレントン駅へ行こうと考えていたのだが、メトロの旅があまり好きではなかったというのがベアトリス自身今気づいた、意外にも自分でも知らなかったようだった。

「乗り心地は、そんなに悪くはない・・・けど、電車はここまでにしとくかな。」

ボルチモアの観光名所を素早く要領良く堪能したのだが、メリーランド州では美味過ぎるシーフード料理をかなり食べ過ぎて、有料トイレに駆け込んだ・・・自分でもシーフードがこんなに好きとは今まで気がつかなかったようだ。

シーフードの宝庫メリーランド州では食べてばかりになりそうなので、アナポリス観光は取りやめることにした。

コンパクトサイズのレンタカーを再び借りて北東へと走らせ、橋を渡ってデラウェア州に入るベアトリスだが・・・。

橋を渡り終えウィルミントンを通り掛かったその時・・・

はるか後方からの爆発音が、窓を閉めている状態の車内でもはっきりと聞こえた。

ボルチモアかアナポリスの、ひょっとしたらワシントンD．C．の方角からのような気がした。

彼女は、カーナビのニュースに注意深く耳を傾けながら運転し、ニュージャージー州に素早く入っていった・・・

ハリケーンが通った場所は増水の影響で土石流が、被災地で頻発していた。

「…………………」

隕石が落ちた場所では空から降ってきた塵芥の土石流が、被災地で頻発していた。

「…………………」

地震に見舞われた場所が上水と下水の配管の破裂で土石流が、被災地で頻発していた。

「…………………」

津波が押し寄せた場所には流された建造物や車両が混入した土石流が、被災地で頻発していた。

・・・・・・被災地に訪れた夜の闇では、沈黙が幕間を支配していた・・・・・

噴火の影響が及ぼされる場所は、一次的被害に続き二次的被害が、早くも現れ始める。

ケイ酸化合物が中核になり、重い灰雲が広い範囲で増大され続ける。

やがて地上へ粘性の雨となって降り積もってゆく。

カリフォルニア州南東部のモハーヴェ砂漠は所々に岩盤が剥き出しで、時々そこに雪が積もることで知られるが、
今年からは雪の代わりに黒く濁った灰が降り積もるのであった。

火災物重力流【ラハール】・・・水分と土砂が溶け合い、高熱の重量物として重力で斜面を猛速度での地滑り・・・

軽質量で水面の上すら滑走し遠方へと延びてゆく火砕サージと呼ばれる一千℃の火山ガス。

それらが通り道の殆どの有機物をゆっくりと焼き尽くす。

そして火山地帯では・・・燃え滾る溶岩を含んだ火山泥流が被災地で頻発していた。

あろうことか、地下深くのマントルから玄武岩質溶岩が地表に露出して、薄く滑るように流動的に噴出口から低地めがけて覆いかぶさっていった。

半径数百キロメートル以上が飲み込まれ、洪水のような玄武岩が、幾つかの州の経済活動を終わらせた。

アパラチア山脈周辺にて・・・

アジア系のようにも見え、アングロサクソン系にも見える外見の男、グレン・メドベッチは自分の本当の名前が何だったのか忘れかけていた。

ネームロンダリングだけではない、出自地や経歴、存在そのものを誰かと入れ替わりながら生きている。

そしてこの男もまた、世界中にいる反米的なスポンサーたちによって舞台役者として勝手に選ばれた一人だった。

あまりにも恨みを買い過ぎた超大国アメリカ、いまや国内からも不穏な動きが湧き上がっていた。

そんな矢先に彼は、ケンタッキー州の米軍基地を攻撃目標として見据えさせられている。

指示している者は彼に、かつて初期のアメリカに立ち向かい戦っていたインディアン部族の集合体、【イロコイ連邦】の真似事をさせるつもりなのだ。

実行することになるその男は空を見ながら自分の立ち位置に懸念する・・・もしも、奪った金塊でユートピアの建設、などという甘言に乗せられたとしたら、そんな奴は愚かであると・・・、自分を卑下していた。

「お金なんぞ所詮、神と同じく人間にこき使われるだけの存在でしかなかったはずなのに、いつのまにか崇められ、人間を支配する道具にすらなってしまった、この国は最も是正されなければならない集合体だ。」

十数年前にヨーロッパの紛争で使われていた長距離ロケット砲のコピーなどが提供され、それを受け取った部隊が密かに外国で訓練を行っていた。

グレン・メドベッチにとっては、武器を提供してくれる勢力が何処の誰であろうと構わない。

ある日、彼に何者かが激励の文章を送った。

「インディアンのほとんどが土地をだまし取られ生活の糧を奪われ、そして入植者が用意した悪意ある相利共生関係はインディアン人同士、兄弟同士で殺し合いをさせ、あらゆる成り上がりの野心家や外国の勢力が便乗し、彼らのアイデンティティを引き裂き、バラバラにした、我々はこの国でこのようなことが再び起きることを許さない。」

一見するとインディアンの無念を代弁しているかのようだが真意は違うことをグレン・メドベッチは知っている。

インディアンが歩まされた悲劇を盾代わりに自分たちの愛国ごっこに付き合わせようとしていることを・・・

国民が強い時、国家は蹂躙されない・・・強ければ虐殺する側でいられる、インディアンにはなるな、という意味だ。

「退廃的なアメリカ合衆国を、煉獄に落とし強靭に生まれ変わらせようとしているのか・・・自分たちの民すら犠牲にしてでもそれをしなければ気が済まない奴らが、それに相応しい代償も払わず安全な場所から蛇蝎の遊びに興じようとしている、こんな鬼畜の享楽的所業は先住民族を殺戮していた頃と何も変わっていないと言わざるを得ない・・・」

ニューヨーク州出身の副大統領とその一派・・・

副大統領アーモンド・トロイメライの狙いは合衆国憲法修正二十五条四節、大統領の無能力化である。

健康や精神に重大な問題が生じて大統領としての職責を果たすことができないことを副大統領と閣僚の半数が共に宣言すれば、副大統領が仮の大統領として代行者になるというものだ。

富裕層や投資家の代理人のアーモンドとは逆に貧困層や中流層に支持を受けるローレンツは、同じ政党に所属していながらもライバル関係にあった。

ローレンツの政策に関してアーモンドは、富裕層がほんのわずかでも損をするような流れは阻止してきた。

しかし安定的な高い支持率を背景にして二期目を確実にした大統領が、富裕層の改革に乗り出すことが誰の目にも明らかになっていた。

その頃になるとアーモンドに富裕層から連日、クーデター実行の圧力がかけられ始める。

強迫観念がノイローゼになり、周りに凶悪な便乗犯たちの輪が蠢いていたことを副大統領派は気がつかなかった。

土星が自分の周囲のリングに気がつかないかのように。

国土安全保障省の特定協力行動者は諜報活動に特化する者だ。

その中でも【特別顧問】と呼ばれている人物は殊更、テロを事前に察知するエキスパートだと公言されている。

彼は寛ぐ暇もなく研鑽を積み、愛国者としてテロリストを打破、或いは善導する。

しかし逆に、テロの吉報を待っているという邪推も受けていた。

自らの心底に惰性の愛国心が堆積しているのは自認しており、彼自身もエリート故の鬱屈した人生観を否定しない。

「アダムとイブは覚えてしまったのだ、覚えてはならない禁断の味を……権力掌握の快楽という禁断の味を。」

彼は、学生時代からの恋人へ愛を諭すようにそう語った。

「そして権力闘争に敗れて楽園から追放されたのが、それまで神と呼ばれていた者たちだ…上下が逆転したのさ。」

彼は、マニフェスト・デスティニー【明白なる運命】という、かつてアメリカが土地の強奪を正当化するために、なんとなく掲げた地球制覇の野望をそれっぽく言い換えた標語に、狂気的な憧れを抱く。

「体制が上手く入れ替わったのだよ、巧妙に成り済ましたとも言うかな。」

彼は、十九世紀の民族浄化王アンドリュー・ジャクソン大統領の再来を激しく渇望する。

「歴史は繰り返すよ、何度でも何回でも。」

指定生存者【サバイバー】はどちらの勢力にも与していない。

合衆国法典第三編十九条が規定する大統領継承権順位の名簿の長官たちが、議会に集まっている時などに、万が一テロで全滅してしまって、国家のトップが不在になってしまうのを防ぐために、指定生存者【サバイバー】は長官達の中から一人あらかじめ選出されている、そしてその人物だけは他の長官達とは常に違う場所に滞在しているので、全滅を予防可能とする…ある意味サバイバーは窮余の一策を体現する奇縁に戯れている人物、という語弊もある。

防音の自室で一人籠って、その男は思考を声に出し整理していた。

「この問題に関する私の確信はもはや揺るぎない、貧困移民層と特権富裕層とが同時に我々のアメリカという環境に囲まれ接触し共存するなど不可能だ、奴らは知性も勤勉さも道義的責任感さえも持ち合わせていない、奴らには我々が望む方向へ寄り添って変わろうという社会性や向上心すらないのだ、我々のような慈悲深い優秀な為政者によって手厚く保護されていながら、なぜ自分たちが劣っているのかを知ろうともせず、わきまえようともしない奴らは環境変化の力の前に否応なく真摯に消滅しなければならない…これまでのインディアンの運命がそうだったようになぁ、そして……どちらかの意見に偏るバランスの悪い弱い民主主義は、我々の心の領土の外へ出ていくことが必要になる……これから構築される新しい関係に沿った政治体制を、彼らが受け入れた場合に、理想の合衆国の完成となるのだ。」

ワシントンD．C．において政治的議論を重ねる背広姿の役者たち・・・

ペンシルベニア州出身の大統領とその一派である・・・

ローレンツ大統領の周囲には政争の火花が絶えない。

政策の不一致や様々な軋轢による権力闘争が既知の事実として認知されていた。

移民問題は特に争いの火種だった。

移民はジェームズ・ローレンツ大統領の重要な票田、選挙基盤なのである、自身のルーツでもある中南米系の移民を今後大幅に増やしていく法案にも署名をしていた。

ヒスパニック系の移民が増えて白人の比率が減ることに、威圧を感じている元々は入植者という移民である白人が主体たる国際金融資本からしてみれば・・・ローレンツ大統領がとにかく疎ましく、忌避すべき存在になっていた。

両者の権力争いはお互いに止まることはない、ヨーロッパから逃れたピューリタンやルイス・クラーク探検隊が、さらなる西へ西へと、太平洋を目指して進むのを渇望したように。

そんな事情は知ったことではない経済基盤が不安定な移民が、連日の災害で狼狽し、各地で補償を求め暴動が頻発。

このタイミングで大統領は国家非常事態宣言を出したので、人々の個人の自由は少しだけ制限されることになった。

隕石衝突の直接的な破壊を偶然免れていた周辺の州達は、ミシガン湖などの五大湖と接する原子力発電所と全ての供給源をフル稼働にして隣接する都市へと電力を送っていた。

隕石によって破壊され、明かりが少なくなっていた四つの大都市へと。

月明かりも無く、一寸先も分からない暗い真夜中の、一刻を争う事態・・・

今まさに電力を必要とする場所にとって救世主的存在だった。

その存在は精神的な中心に位置し、孤軍奮闘で惜しみなく電力を供給し真夜中を照らす。

精力的に、四つの州に。

電力、ガス、石油の備蓄管理などを担当する合衆国エネルギー省【ＤＯＥ】が、ボイスオブアメリカ【ＶＯＡ】でこれからの価格統制の実施を海外にこっそり伝えていた。

災害などの緊急時には、やはりラジオ放送が有効であるが、物価関連の投機筋を考慮して国外を優先した。

そして国内向けにはラジオ放送を後回しに調整した、被災地支援物資の買い占めなどを防ぐ為に。

近年は音声だけの情報よりも映像付きの情報が、民衆の心理に信頼性を与えることが分かっている。

現地のリアルタイム映像を内外の野次馬連中は求める傾向になっている。

ハリケーン、隕石、地震、津波、噴火。

なおもこれから六番目の厄災が起こる。

無神論者のグレン・メドベッチは、アメリカに神がいるか、いないのか、それの証明をしようとしていた。

もちろんこの国の民がそれをその目で確認することになる。

掩蔽壕破壊弾、通称【バンカーバスター】、地中数十メートルまで自由落下加速とロケット加速。

ミスナイ・シャルディン効果で深く抉り込みコンクリートを貫通し目標に到達、そこで起爆することになる。

まるでロフテッド軌道にも似た軌跡を描き、速すぎて迎撃は不可能だった。

原子力発電所の炉の設備近くに降下、強化コンクリートに着弾しても次々と地下に入り込む。

弾頭の爆発物は極限まで小型化された原子爆弾。

テロリスト集団、ゲリラ組織、クーデター勢力、反乱分子、もはやその呼び名さえロンダリングされた存在が満を持して放つ最大最強攻撃。

短期決戦によって、回復が容易でない長期的な大損害を与える・・・

僅かな戦力で大戦果を目指す理想的なキルレシオ。

長距離ロケット砲のデッドコピー、それらのいくつかを参考に大幅に改良が施されており、それなりの弾頭が装填されていた、もどき、ではあるが威力は正規軍所有のと、あまり遜色ない。

数台の中型トラックの荷台に設置されている数台の砲塔から爆音を唸らせながら・・・

夜空へと、角度目標地点へ、応力集中部へ、慣性誘導装置で弾道を自力修正。

全米の火力発電所から爆発の火の手が上がる。

それを合図として、少し遅れて本土の各地の水力発電システムにも攻撃が行われた。

いくつかの主要なダムにて・・・

巨大水力発電所【フーバーダム】、【グランドクーリーダム】、【ボンネビルダム】、【グランドキャニオンダム】。

それらの他にも、名だたるアメリカの誇りに亀裂が走っていた。

敵兵士や車両数を一時的に減らす戦術的勝利などは捨て、国家運営を破綻させる戦略的勝利を選択し実現させる。

後から考えれば首都圏での戦いも、その他の地域での戦いも、このための陽動だったのかもしれない。

水力発電所の、硬いコンクリートダム堰は何かが直撃し爆轟と煙の後、粉々になっていた。

山林の中の改良カノン砲から最大射程距離四十㎞の原子爆弾の弾頭が数発発射されていたのだった。

冷戦時代の兵器アトミックキャノン・・・一発十キロトンの威力の熱核砲弾が猛威を振るう。

火力発電所の燃料タンクは爆発で吹き飛び、辺りの空間は赤い炎と黒い煙で充填される。

風力発電所、太陽光パネルも、破壊力学に基づいて同じく的確に。

原子力発電所は原子炉と関連設備が地下深くに埋め込まれているので、たとえ地上建造物をアトミックキャノンで破壊しても送発電に影響は少なく、砲弾が地中に届かないということをテロリストたちも知っている筈なので、無駄な攻撃は行われないだろうし、行われても効果がない筈だという推論がされていた。

堰と堤防に着弾寸前の金属弾頭の先の空気が内部衝撃波で高温のメタルジェット噴流に変わり、強化コンクリートブロックを一瞬液体のような状態にして容易く穿ち、数メートルまで潜り込み大爆発する。

タンタル合金弾頭のモンロー・ノイマン効果が狙われていたり、タングステン合金弾頭の装弾筒付翼安定徹甲弾の運動エネルギーを遺憾なく発揮させたりで、発電の生命維持装置や周辺設備は滅茶苦茶に破壊された。

原子力発電所の冷却機構である炉心溶融物保持装置【コアキャッチャー】も砕け散る。

水力発電所、火力発電所、太陽光パネル、風力発電所などのコントロールシステムも大きく損壊させられていった。

サーモバリック爆薬は燃料気化爆弾よりも生成、貯蔵、運搬で効率が優れている。

そして爆発した時、広かれた自由空間なら半径数百メートルが三千度の高温に包まれる。

地下鉄のような閉鎖空間だと蒸気雲爆発はさらなる威力を発揮することになる。

炎は爆心地から数千メートルも、地下の閉鎖通路を走り抜けるような形になる。

数十秒間爆轟が続く場合には、酸素を使い尽くし窒息状態をもたらす。


ある勢力が、使い捨てのグレンという駒を使って少数精鋭により小規模の政権転覆を企んでいただけのはずが・・・

「神を信じさせる錬金術、お金こそが神・・・フォートノックス、アメリカの神はそこにいる、その金塊こそが合衆国を支配する役割を演じさせられている御神体なのだ！」

理不尽な暴走が散見され策謀にもたれかける。

グレンは雄叫びを上げた、「囚われの神を解き放つ！これは自由と平等を体現するための解放戦争だ！」

各地の暗闇の町を数百台の車両が巡礼者のように彼らだけの聖地を目指し走行する、アスファルトの上だけでなく、道なき道をゆく。

ケンタッキー州と、そして隣接する州が暗闇に包まれた、州内と五大湖周辺の発電所が破壊されたのだ。

駐屯する冷徹不動な軍は予備電力を起動させ、基地内は普段のような明るさで臨戦態勢が整っている。

「偉大なる合衆国で戦火が……」

フォートノックス陸軍駐屯地の合衆国第五軍司令官は、怒りで汚い言葉が出てきそうになったが言質を控え、撃退と殲滅のオペレーションに速やかに取り掛かっていた。

「火事場泥棒の武装強盗団の奴らをガントレットの儀式のように完膚なきまでに叩きつぶす、フォートキャンベルと連携するぞ！」

この陸軍駐屯地単独でも勝利可能と確信しているが、優秀な司令官はさらに万全を期す。

物資搬入の作業で基地内に来ていた民間のトレーラー群は、サイレンが鳴った直後に安全確保のため敵の襲来方向の反対側へと脱出させられた、これは副司令官の判断であるが、逆に危険なようにも思われた。

司令官はその頃ちょうど、諸公務で二日間の外出をしていて、基地に帰ってくる目前に今回の事が起こった。

彼が不在の間は、副司令官が基地の仕事に責任をもって取り組んでいたが、今年赴任してきた新参者であったため、この基地で手慣れてはいない、なので、司令官が本格的な戦闘開始の前に帰還出来たのは奇跡のようでもある。

武装集団の中で、この作戦に対する捉え方の温度差があるのは否めない。

いざとなればマンモスケイブ国立公園の洞窟にでも逃げ込もうと考える積極的でないピクニック気分の者もいる。

だが多くの者は・・・「投票選挙なんかで革命が起きるわけがない、我らの命を捧げねば！」

「革命には武力のエネルギーが必要だ、我らの魂もエネルギーへ！」・・・というように玉砕を考えていた。

「投票用紙よりも弾丸の方が重くて速い、アインシュタイン理論によると重さ掛ける速度の２乗はエネルギーだ。」

「弾丸が重ければ重い程…弾丸が速ければ速い程…素晴らしいエネルギーになる。」

「革命を成し遂げるエネルギーになる！」

巨大なアパラチア山脈のその広大な山林内に密かに設営された地下倉庫にも、強襲用兵器が巧妙に偽装配置されて
革命の狂騒の出番を待ちわびていた。

隕石衝突によって発生した山火事の煙の影響で周辺の天気はあまり良くなく、小雨も手伝って視界が悪い。

第五軍司令官が怒気を強めた、「あいつらはただのコソ泥ではない、ゲリラだ、これは防衛戦争だ！」

非対称戦争は・・・ケンタッキー州とテネシー州、ノースカロライナ州からヴァージニア州、ウェストヴァージニア州、
メリーランド州、そして首都ワシントンＤ．Ｃ．を疑心暗鬼の闇に落とした。

静寂のブレアハウスで来賓客の応対をしているかと思いきや専用のヘリでキャンプデービッドに行って過ごしたり、そうかと思えばホワイトハウスで執務室にいたり、アメリカ合衆国シークレットサービス【ＵＳＳＳ】にしっかりと護衛されながらどこかの民間施設に滞在したりして、とにかく忙しそうなパフォーマンスに余念がない大統領だった。

ところがある瞬間、各放送局は、被災地からの現場生中継映像を政府関係施設の室内映像へと切り替える。

各家庭のモニターに、これまでで最も意志の強そうなローレンツ大統領の顔が颯爽と映り、何かを語り始めた。

「我々が直面しているのは裏切りだ、このようなときに、我々を弱体化させるあらゆるもの、外敵が我々を内部から弱体化させるために利用するありとあらゆる種類の不和、そんなものは必ず外されて脇に置かれていなければならないというのに…我々の団結を分裂させる行動は、前線で戦っている戦友への背信であり、我らがアメリカ合衆国とその偉大な国民に対する裏切りなのだ、まさにこの裏切りを、彼らは、２０４０年十一月の今日という日に、未曽有の大災害の真只中に実行したのである、平和は奪われた！軍と人民の背後での陰謀、もめ事、政治的な駆け引きは…極めて大きな混乱を引き起こし、健やかなる国民生活の破壊、国家の崩壊、甚大な領土の喪失をもたらす…かってのその結果が、南北戦争という悲劇だ。」

そして最後に、大規模テロの発生をアーモンド副大統領派のクーデターであると断言したのである。

アメリカ中央情報局【ＣＩＡ】本部にライバルのクーデター計画の言伝をしたローレンツ大統領は安全確保の名目と愛人との逢瀬の為に演説直後、こっそりとフロリダ州に向けて極秘でホワイトハウスから出ていた。

大統領のその動向を知るものは近親の僅か十数人にも満たない。

サバイバーの部下の統合参謀本部議長シルヴァ・ウォーターは視察中のコロラド州で報告を受けていた。

静かに全容を俯瞰的に把握し見極めようとしていた、つつがなく、ゆるがせなく。

ラングレーやフォート・リバティ、クワンティコ、アンドルーズなどの首都近郊の巨大軍事基地のトップたち曰く。

「闘いが失敗する場合というのは大抵、準備不足と不適格なタイミングに依存するということを今回の米国の敵は良く知っているようだな。」

暴れる者たちへのコメントはあっさりしていた。

南北戦争に比べれば鎮圧にかかる日数は少ないだろうとみていたためである、後から考えればその通りなのだが、しかし被害規模はそんな程度でないことは後で判明することになった。

国防総省【ペンタゴン】はすでにキューバ危機以来のデフコン2を示し、アラスカ上空に核兵器搭載爆撃機が臨戦態勢で待機している。

「アーモンドの奴ら、予想外の仰々しい事態になって面食らっているだろうが、罪はしっかりと被ってもらわねばなぁ、たった数人のテロリストで大統領を葬り傀儡政権の領袖になるだとかせこいことで未来永劫汚名を着るよりは、このぐらい豪快にやって失敗した方が伝説になるだろう、きっと感激しながらくたばるはずだ、ところで念を押して聞くが…ここら辺に対しては熱核砲弾は使われないことになっている、それは確かであるなぁシルヴァ。」

「もちろんです、今般の動乱が治まってから、閣下の大統領就任後の政務には支障無きよう重要な施設は大体無傷で終わる手筈ですので、ご心配には及びません」

大統領継承権を有するサバイバーの通信に、遠くに滞在している人物がそう答えた。

「ならば、ペンタゴンの地下でお客さんのように待っているのではなく、軍がゲリラを制圧するその時には、地上で、ここの玄関前で堂々としていた、という武勇伝でも準備しておこう、こういうのがこれからのアメリカ合衆国の上に立つ者にとって必要なのだ、初代大統領のジョージ・ワシントンにもそういう逸話が多くある、そうやって、そういうふうにしていこう。」

「閣下の仰せの通りならば総て滞り有りません、では失礼します。」

そう社交辞令を述べると、質実剛健な風貌で眼光鋭い軍服の男はモニター画面から消えた。

大統領、副大統領、他の長官たちが倒れてしまうのをまるで予見しているような会話だった。

閣下と呼ばれ威厳を保っていたサバイバーは、遠くの部下に対しては勇ましい言葉を吐いてみせたが、通信終了後すぐに地下室に慌てて逃げ込む、地上で苦しむ人々の小競り合いや生活や人生などは気にもせずに・・・

米軍基地は、首都を取り囲むような配置で、テロリストを軽々と撃破し、勝利するのは時間の問題だと考える。

自分がもうすぐ世界のトップになるのだと思うと、高揚してきたサバイバーは野心を隠せなくなっていた。

「この国が崇める唯一神が、唯一神であるためには他の全ての神々を抹殺しなければならない、アメリカ合衆国は建国前から・・・コロンブスがこの土地を見つけ出しヨーロッパ圏内に告げ口をした時から、アメリカの唯一神に捧げる殺戮の歴史、生きとし生けるもの、そして死者への終わることのない侮辱、それを義務付けられた・・・」

そう言ってサバイバーは大きく息を吐く。

「従順な者も、抗う者も、死あるのみ、そうだ、それこそがあるべき本当のアメリカなのだ、」

ゆっくりと椅子に腰かけながら一呼吸着いて、次期閣僚候補の名簿に目を通していた。

サバイバーの部下の統合参謀本部議長シルヴァ・ウォーターが、視察中のコロラド州で報告を受けていた時間帯・・・首都ワシントンD．C．にいる大勢の要人たちを確保し人質にする計画は、議員たちが連邦議事堂に集まって同時多発大災害という非常事態について徹夜で議論をしていることが前提なので、もぬけの殻というのはまずいのだ。

滑稽な話だがテロリストたちはアメリカの議員たちの勤勉さと使命感と出席率に賭けている。

マクヘンリー要塞が陥落しなかった事が国歌【星条旗】の歌詞の作成に大きな影響を与えたが、ワシントンD．C．も陥落しないのだろう、今度の作詞家はどんな歌詞を書くのか・・・連邦議会で議員たちがあくびをしながらそう思った。

メリーランド州アナポリス近くにて・・・

「何があったんだ？作戦の規模がおかしいぞ？こんなはずじゃなかっただろう？・・・」

小さなクーデターで一気に事を成就させる筈が、全く予想していなかった大規模便乗テロが勃発してしまい、その汚名を着せられそうになっている副大統領アーモンド・トロイメライはローレンツ大統領に絶好のタイミングで先手を打たれ、クーデターの傍証を固められてしまったので仲間たちから信頼を回復させるために、そしてアーモンドを支援しているスポンサーから資金を引き出すためには常に、憂国の士を演じるしかなかった。

街の中、何台かの車の前後左右で何人かの身辺警護者が放送機材をセッティングしている。

「この私、アメリカ合衆国副大統領アーモンド・トロイメライは、ネオナチとその主たちの侵略を退けている・・・ジェームズ・ローレンツ大統領の軍事・経済・情報機関や外交政策は事実上総て、我が合衆国に敵対している・・・私は、国民の生命と安全のため、主権と独立のために戦っている！私たちのアメリカがこれから１０００年よりも多くの歴史を有する国家で在り続ける権利のために戦っているのだ、国家と国民の運命が決定されるこの戦いには、あらゆる勢力の団結、統合、結集そして責任が要求される。」

副大統領アーモンド・トロイメライによる演説がラジオから市民にも聞こえてきていたが・・・

映像に関しては政府と軍が数日前から徐々にジャミング介入していて、許可がなければ閲覧不能になっている。

音声だけで、現地の映像が無いので、誰かがこの混乱に乗じて電波ジャックを行い副大統領アーモンドの声真似をしているのではないかと疑われ、軍と民衆の信頼が得られなかった事は彼にとって痛恨の極みかもしれない。

予期せず憎悪の対象になってしまって歴史に残る汚名を着せられ、その冤罪を払しょくするのに一体どれぐらいの費用と年月が必要になるのかを想像したら気が遠くなりそうだったが、とにかく、今のラジオ演説が聞こえているはずであろう近い距離の軍事基地へ保護を求めて急行しようとしていた。

幾つかの州のガスステーション付近・・・

用意されたタンクローリーによる、急ハンドルと急ブレーキでジャックナイフ現象で道路の中央を塞がれていた。

そして意図的に爆発させ地面に大穴を開け周囲に炎の壁を作り通行不能にした。

まき散らされた液体は長時間燃え続ける化合物で有毒ガスも発生させる。

多数の車が給油中のガスステーションにも引火し、さらに爆発の範囲が拡大。

ひっくり返った車や動けない車があっちこっちで道を塞いでいる。

対向車線側の道路においても、インターチェンジでも、無慈悲なテロリストたちによって引き起こされた大渋滞で消防車もレスキュー隊も現場にたどり着けない。

主要な幹線道路でもテロは活発的に起こされていた。

これでは首都近郊に陸路で援軍が来ることは出来ない、赤い炎と黒い煙は増殖し地域を覆ってゆく・・・

ケンタッキー州ルイビル・モハメドアリ軍民共用空港にも雲霞の群衆が押し寄せパニックが起きている。

３本の州間高速道路が交わるケネディ・インターチェンジに、隣接した州から車が渋滞の列を作ってヒトとモノの流れを完璧に止めてしまっていた。

集団で警官の制服を着用しているゲリラもいれば、一般的なよくあるカジュアルな服装で活動しているゲリラなどもいて、混乱に拍車をかけていた。

ゲリラではない成人男性たちは治安を守るために銃を持ち、便乗強盗の襲来などに備えていた。

ゲリラがいない地域でも疑心暗鬼で住民同士の銃撃戦が頻繁に発生する始末である。

ヴァージニア州はカリフォルニア州やニューヨーク州、フロリダ州のような完全な銃規制はされていないので一般市民の銃の所持率はある程度高い。

人口一千万人近いヴァージニア州の中に数千人の強盗集団が侵入して大暴れしているだの、貧しい移民たちが徒党を組んで犯罪をやっているだの、デマ情報と真実が判別できないまま混迷は深まってゆく。

アメリカ合衆国憲法修正第二条により市民は、連邦政府に抵抗するために重火器で武装することを認められている。

ワシントンD．C．の警官約四千人が、アメリカ合衆国憲法修正第五条に基づき被疑者にミランダ警告なるものを行ってから発砲をしていたが時間が経つにつれ、次第に目に付いた人間をことごとく無警告で撃ち始めていた。

誰もかれもがヒートアップしてしまって、民間人とゲリラの区別がつかないのである。

災害に対するストレスを燃料として、民衆による東西南北への落花狼藉と隣人憎悪の竜巻が全米に吹き荒れた。

ウィスコンシン州・・・

人口約６００万人。

州面積の半分が森林地帯に属し、湿潤大陸性気候だが数千もの氷河湖が存在し、冬は非常に寒い。

全米で最もドイツ系アメリカ人が多く、ビール等の醸造業やソーセージ等の食品加工が発展している。

モヒカン刈りで有名なモヒカン族などが運営するインディアン・カジノも盛況だが今、炎と煙が迫っていた。

チーズを始めとした酪農製品や、紙製品、医療サービス業、そして農業、さらに夏の観光業が経済を潤している。

ミシガン州・・・

人口約一千万人。

ミシガン湖を隔てて全長八㎞のマキナック橋が山林のアッパー半島と平地のロウアー半島を結ぶ。

州面積の四割が水域で、多くの湖沼と四つの巨大湖に接する長い海岸線を持ち、内陸州だが沿岸警備隊が活動する。

林業、観光業、畜産業と農業、そして五大湖重工業メガロポリスの地理的な中心地だが今や砲弾が飛び交っている。

二百年前からの独立戦争と米英戦争に参加させられて土地を没収されたインディアンとの遺恨は根深い。

イリノイ州…

人口約１３００万人。

全米の鉄道網の中心地のシカゴ都市圏に人々が密集して住んでいる。

警察官の密度も国内トップクラス。

大豆とトウモロコシ、商業と工業、そして原子力発電所の集積場であるが、現在爆発炎上中。

この州のインディアンは、入植者が持ち込んだ法と伝染病により絶滅させられ、最初からいなかったことにされた。

インディアナ州…

人口約７００万人。

インディアンの土地という意味は、殺戮によりインディアンの一切の権利を認めないという意味にすり替えられた。

氷河が残した千を越える数の湖と、農業に適した土壌で農産物だけでなく、鉄鋼生産も盛んである。

そして今、アメリカの十字路である州都インディアナポリスに数発の熱核弾頭が叩き込まれた。

豊富な石炭埋蔵量からの三十か所の火力発電所もアトミックキャノンに晒されて、炎の渦が都市を焼いている。

ミシガン湖に接するウィスコンシン州、ミシガン州、インディアナ州、イリノイ州にも戦線は拡大し都市型単発的総力戦の様相を呈していた。

それに携わる人物グレン・メドベッチ、彼の人生は歴史的ニヒリズムに委ねている。

アーリントン墓地があるヴァージニア州自体を巨大な墓場に変えるつもりなのである。

「灰燼に帰すべし・・・」


軍用車両搭載電子機器の高い性能により先制攻撃を継続。

ナイトビジョン、戦闘データリンク、射撃統制システム、発射車両の自動運転と発射装置の自動操縦。

これらが開戦当初の圧倒的優勢に貢献した。

彼らは、携帯可能な改良型地対地ロケット砲をポトマック川沿いで使用している。

狙いはワシントンD．C．と周辺の軍事基地、交通手段の破壊、ヘリが着陸出来そうな場所も危険な状態になった。

大統領のマリーンワンも副大統領のマリーンツーも、間隙を縫う専用ヘリでの脱出などは概して禁戒の如く決して許さないというのが、威嚇射撃は無くても明らかだった。

チェサピーク湾周辺にて・・・

レミントン、ウィンチェスター、イサカ、モスバーグなどのショットガンのけたたましい銃声に加えて軽機関銃の連続的な機械的発射音、そしてグレネードランチャーやロケットランチャーの爆音が市街地や道路上でほとばしる。

首都やその隣接州で暴れているゲリラの総数は千人程と見積もられてはいるが、この時ここぞとばかりに便乗している数万人を超える一般市民連中が戦況を複雑に、さながら残虐な戦場に変える。

一般市民だろうが強盗だろうが救助隊だろうが観光客だろうが、お構いなしに銃火器のターゲットになっていた。

「打てっ撃てっ討てっ！」

「金持ってってとろそうな奴らをやっちまうぞ！財布と腕時計だ！店の中の金目の物も忘れるな！」

「動いている奴はどいつもこいつもゲリラであるから、警告も逮捕なども不要であるから、躊躇なく発砲せよ！」

「我々はゲリラではない！撃つな！」

「撃て！撃ちまくればこの戦いは勝利だ！」

緊張と錯乱で雨後の筍のように一般人への誤射が増え混迷が深まっていく・・・

大通りから外れた地区で黒スーツ姿の男たちが、放置されている何台かの車越しに拳銃で撃ち合う光景もあった。

ローレンツ大統領側からの政治的リークにより中央情報局【ＣＩＡ】と連邦捜査局【ＦＢＩ】は巧妙に動いていた。

しかし副大統領の身辺警護が元デルタフォースや元グリーンベレーだったことで身柄確保は容易ではなかった。

副大統領アーモンド・トロイメライは避難先にしようとしていたアナポリスが攻撃に晒され破壊されていたので、ラングレー・ユースティス統合基地に移動しようとしていた最中にＦＢＩ＆ＣＩＡに阻まれ銃撃戦となってしまった。

「基地に入れさえすれば、奴らの追及なんぞ暫くは躱せるはずだろう？・・・何で上手くいかないんだ？」

栄光への階段から転げ落ちながら破滅の階段を駆け上がっている感覚のアーモンド副大統領だった。

そして身辺警護者から離れながらの逃走中に如何にか、地下鉄構内で北東回廊の電車内へと逃れるのだが・・・

メリーランド州の住民たちは、せっかくゴダード宇宙飛行センターという存在がこの州にはあるのだから、それでみんなを宇宙に逃がせればいいのにと思ったりもした。

そのような嘆きにも祈りにも近い発想をするぐらいに住民たちは追い詰められていたのでその思考には無理もない、祈りは、誰かの苦しみを和らげるためにある。

目下、人々は冷風を欲しがった、なぜならば熱風と熱線がコロンビア特別区に吹き荒れてしまったからである。

核爆発の発生・・・首都近郊の主要施設に打ち込まれた熱核砲弾は総計二十一発だった・・・

各地でゲリラ戦が開始されて十分後に国防軍が反撃態勢に入った直後、国防総省【ペンタゴン】に一発目が着弾し、キノコ雲がやや終息した直後に二発目がペンタゴンにクリーンヒットした、建物内にいた職員は、地下に潜んでいて無事だと考察されていたが、実際は建物の床の崩落により、ほぼ全員があっけなく力尽きた・・・

サバイバーが潜んでいた頑丈な地下壕の丁度真上の位置に2発ともピンポイントで着弾したのは偶然だろうか。救世主になる予定だったサバイバーは、恐らく悪魔のような内通者によって強制退場させられてしまったのである。

末端のゲリラ部隊は連邦議会議事堂やホワイトハウスとそれらの地下施設を強襲し、警備兵らによって迎撃され、数を壊滅寸前にまで減らされながらも地下通路への侵入に成功した。

ホワイトハウスの中が何故か、もぬけの殻だったその頃、銃弾とグレネード弾が飛び交った議事堂内は阿鼻叫喚の塹壕戦の態を示し、生存者は敵味方共にごく僅か・・・

ワシントンD.C.の地面から、というより地下のあちらこちらから、サーモバリック爆薬の爆音が重苦しく鳴り響き続く際に、冷戦時代の戦術兵器アトミックキャノンの熱核弾頭は連邦議会議事堂に容赦なく降っていた・・・

誰かに、祈りなど無駄な行為だといわれるまでもなく行動が大事だと知っている者は、すでに行動に移っていた。

街の混乱状況の中における活路を見出すべくバードウォッチング用の双眼鏡を使っていたある者は冷静に急ぐ・・・

この矛盾したような行動を的確に実行していれば何とかなる、そう信じた彼女がすでにいくつかの通路や駅を突破して、混乱する住民を横目に、縁もゆかりもないこの地における危機との遭遇から離れることに成功していた。

北東州に向かいながら、使えそうな情報や物は素早く取捨選択、誰かが落とした物騒な物でも拾い上げながら走る。

動物も植物も神に祈らない、自分を導くのは自分自身である、生物にとっては至極当たり前のことを着々とこなしていくうちに、今のところは安全だと思われるこのニュージャージー州トレントンにたどり着いていた。


近年の、国策によるドル安によって、アメリカを訪問する観光客の数が増大していた情勢に伴って、首都圏では、活動的で流動的な観光客に対するサービス向上の為に、バスや電車、タクシーやレンタカー等の陸路の公共交通機関においては、二十四時間体制で運航を行っている。

そして今、とある駅の出入り口から、黒い煙が外に漏れ出していた。

その黒煙の中から、息も絶え絶えな人影が現れる・・・「ごほっ!ごほぉ…グハァ…」

他に歩く人影も無い夜の薄明りに、力無く咽返り嗚咽するその人影が、ふらふらとよろめく。

ニュージャージー州トレントン駅の近くで倒れた煤塗れのその人物を、手持ちのバードウォッチング用の双眼鏡で誰よりも早く発見してしまった若い女性が、五十メートル程の距離から無事の確認と介抱の為に駆け寄っていった。

「立てますか？直ぐに煙から離れないと一酸化炭素中毒になりますよ、火傷も冷やさないと…」

そう言って抱き上げるようにして男の脇に肩を貸し、靴を地面に引きずりながら男を近くのコンビニに避難させた。

「…ありがとうお嬢さん…吾輩は…私は…」男は何か言おうとしたが止めた、彼女を、何かに巻き込まないように。

男の無事を確認し、後の事を店員に任せ、駅のバス停留所に向かって足早に歩いてゆく…

そしてベアトリスは、やはり彼らに声を掛けられた。

「やあベアトリス、初めてのアメリカ旅行なのに災害とテロに巻き込まれそうになりながらも、一人で無事にこんなところにまでたどり着けたのは、褒められても良い強運だと思うよ、僕は。」

彼女は自分の体躯を後ろへと振り返らせ、目線を動かし彼らに焦点を合わせた、そして…

「今何がどうなっているのかなんて、私はそんなに知りたくはないんだけどね、別に教えてくれなくてもいいよ。」

いつの間にか近くにいた、喋る大型ドローンのジョーとアンクルサム人形のウェルグリズリーに毅然と声を返す…

首都付近にて・・・

国土安全保障省【ＤＨＳ】特別顧問は焦っていた。

ノースカロライナ州か、無理そうならばヴァージニア州ノーフォーク海軍基地へ。

速く南へ・・・早くここから離れて安全な南へ行かなければ！

しかし地下鉄を利用して離れようとは絶対に考えなかった。

首都ワシントンＤ．Ｃ．のユニオン駅からペンシルベニア州とニューヨーク市駅へと続く鉄道、北東回廊の路線に乗るのは悪手だと、他の人々に言いたかったが、言うわけにはいかなかった。

「兵器というものは非常に危険なんだ・・・」

あらかじめ記憶しておいた安全なルートを、歩いたり走ったりしながら予定通りに非戦闘地域へと抜け出すことが出来たので、一息ついて呼吸を整えた。

・・・あとは基地まで行って何食わぬ顔で軍に保護されれば完璧だ。

・・・地下から爆発音が聞こえてきた。

長い・・・数十秒以上か数分間か、それぐらい長い振動だ。

「恐らく、これではもう地下鉄は当分の間使えないんだろうな、結構好きだったのに。」

特別顧問は神妙な顔をして自分に言い聞かすように大きめの声でつぶやいた。

「真の勝利の為だ、ある程度の犠牲は仕方ない！」

犠牲というのは人命のことなのか地下鉄というインフラのことなのか、彼にもわからなかった。

彼の頭の中に有るのは、前代未聞のこの作戦を成功させる事だけであった。

「巨大な業はキリスト教のように他の誰かに押し付ければいい、人類全体の罪に置き換えてしまえばいい！」

脳と足を動かしながらも自己弁護を怠らなかった。

たくさんの人々が大通りを、隠れる場所を探して走り回っていた。

ゲリラや便乗強盗の侵入に備えて、ほとんどの建物が出入口を封鎖してしまっているためである。

特別顧問は安全圏に来ていたのでほっとしていたが、それで走る速度が少しばかり落ちていたので休むことにした。

通常の電車は車掌が、走行中に危険を感知すれば緊急停車するが、無人電車のＡＩは危険を感知した場合でも、安全の為にあえて停車せずに逆に加速して次の駅に早く着き、乗客たちを降ろす判断をする事もある。

その機能で運良く助かる奴もいるから、自分は完全な残虐非道者ではない筈だと、彼は自身の罪を軽くした。

街の一角で・・・

「あれがこの近くにも迫ってきている気がするな、ちょっと危ないか・・・」

事前の情報では、ここら辺の地下ではサーモバリック爆薬は使わないはずだったが？

少し予定とは違う攻撃範囲のようなので一瞬不安がよぎったが、計画そのものは進んでいる事に満足していた。

「取り敢えず今は！」自分がオーナーをしているレストランに寄り、厨房へと向かって靴音を鳴らしながら走る。

厨房の奥に設置してある大型冷蔵庫に入って、少し様子を見てやり過ごしてから出発するのだ。

計画立案能力に加え、この冷静な判断力と迅速な実行力が彼の強みだったが、そして。

何故か彼は昔から、大型冷蔵庫の中は緊急避難場所として合格、みたいに思っている変な癖があった。

同級生で、今はホワイトハウスの要職に就いている恋人からも面白がられている変な癖。

国ごと冷蔵庫の中に入ればみんな、年中涼しく過ごせるよと真顔で言った時にはさすがに冷笑された。

腕時計型端末の操作で次のルートを確認する。

「後はあいつらが上手くやれば完全勝利だ・・・ふっフフふゥ、フフッふぶっふアはァっひぁはっはっハァッ。」

壮大な計画の成就を目前に思わず大きな笑い声が出た・・・レストラン【アスモデウス】の奥深くに闇が潜む。

ミシシッピー州は陸を州間高速道路が9本、国道が14本も通っているが河川氾濫の州として有名である。

人口約300万人、住民の七割が貧困状態だが肥満率は全米トップクラスに高い。

フレンチ・インディアン戦争とアメリカ独立戦争を経て合衆国に組み入れられた。

土地のほとんどが低い丘陵の海岸平原で、最高標高地点はウッドール山の246メートル。

西部は黄土、北西部はミシシッピ・デルタ、北東部は黒土と呼ばれる肥沃な土壌も、洪水が多く農業が伸び悩む。

ミシシッピー川沿いの綿花栽培で経済が潤っていたが、南北戦争勃発を機に一気に没落した。

それ以後はこれといった産業が芽生えず、カジノなどの賭博業に傾倒している。

1890年、合衆国憲法によって州人口の半数を占める黒人の選挙権は没収された。

禁酒法の影響を強く受けていたが、1966年にようやくアルコールが解禁されている。

1995年に奴隷解放を謳った合衆国憲法修正第十三条を公式に批准する。

ミシシッピー州憲法が、神の存在を信じる事を住民に間接的に強要しているといわれているらしいが定かではない。

この州でもインディアンへの苛烈な政策が行われていたが、ニクソン大統領の登場で少し救済されている。

楽器を買えなかった黒人たちによってこの州はジャズ、ゴスペル、ロック、ブルースの発祥の地となった。

ルイジアナ州の人口は約５００万人、州都はバトンルージュ、最大都市はニューオーリンズ。

最高標高地点がドリスキル山の１６３メートルの沖積平野で、フランス植民地時代の様々な影響が色濃く残っている。

この州は犯罪が多く、フランス的大陸法の裁きによって囚人と刑務所も多くなっている。

全米に存在する【隔離すれども平等】、という差別正当化の理屈はルイジアナ州から始まっている。

船舶航行可能な河川が多く、自然の防波堤もあるが、人口防波堤は海岸の面積を減少させている。

都市の繁栄とともに自然生態系の保護にも力を入れているが、バイオレメディエーションが到底追いつかない。

石油と天然ガスの埋蔵量は国内屈指。

岩塩ドームとタバスコと観光、ザリガニなどの海産物が自慢だ。

７０もの空港を持ち、１３本もの州間高速道路と１６本もの国道を持つ。

州を象徴する花はタイサンボク、果実はイチゴ、野菜はサツマイモ。

この地に、イギリスによってカナダから追われた入植者が移り住みケイジャン文化を育てた。

それがフランス人と黒人とインディアンが合わさったクレオール文化と融合し、ニューオーリンズ料理へと昇華した。

この土地では、僅かながら幾つかのインディアン部族が州政府と合衆国内務省から公式に存在を認定されている。

アメリカ東中央四つの州に落下した隕石の衝突地点から半径約百㎞にわたって強い放射能汚染が確認された。

水位が最高潮に達しているミシシッピー川でも高い濃度が検出されている。

それにも関わらず、多くの勇気ある水陸両用車群は上流からも続々とニューオーリンズなどのメキシコ湾に面する町に向かっていった、ミシシッピー州上部の町ヘレナでそれが目撃され称えられた。

さらに上流のテネシー州メンフィスを素通りしていたことから、テネシー川とメンフィスの間に落ちた隕石による被害は思ったよりもメンフィスの町にとって少なかったのかもしれないと、ヘレナの人々に思われた。

そしてそれらの災害救助用の車両はミズーリ州とイリノイ州を出発していないのは確実だった。

何故ならばその二つの州の川沿いは、隕石の直撃で吹き飛ばされた大量の土砂や物体で埋め尽くされて、それこそまさに水陸両用車が最も必要とされる地域だからである。

そこから貴重な水陸両用車をさらなる下流に送るはずもなく。

アーカンソー州とテネシー州のそれらはハリケーン上陸の初期段階でルイジアナ州とミシシッピー州の被災地域に応援で派遣され活動しているので、今回の水陸両用車はケンタッキー州から来たのではないか、と推測された。

映画好きの町の人々には論評に値する迫力あるシーンだった。

ミシシッピー川では上流からの木材やゴミ山や家や車が、濁流に揉まれながら下流を目指していた。

水陸両用車の真後ろにぴったりとくっつくように、どこかから流されてきたと思われる浮き橋が、家電製品やら、粗大ゴミやら、何が詰め込まれているか不明なコンテナやらも乗せて追走していた。

そういう光景が何回も繰り返されていたが、それらがどうなっていくのかを確認するために出口のメキシコ湾まで見に行く暇な者など当然いない。

勢力が弱まっていたハリケーンは移動速度も早まってすでにフロリダ州からは抜けつつあったがしかし、東海岸を除いた各地と、ミシシッピー川の河口付近でも未だに雨は止まず・・・。

アメリカ国内のどのチャンネルも、今回の一連の大災害と、首都近郊大規模テロを連日連夜視聴者に伝えていた。

合衆国は２００１年九月十一日の同時多発テロ以来の動乱状態に突入したのである。

連邦政府のプレゼンスとリーダーシップが不明瞭で、何をどうしたらいいのかさっぱりわからないので、半数以上の州の住民の大多数が家で待機するしか選択肢が無かった。

この時期に海外に遊びに出かけていたアメリカ人たちは、帰国した時に自分たちの環境が激変するのではないかと危惧しているが、手持ちのドルが大暴落する前に早く帰ることを望んだ。

五大湖周辺では、ストロンチウム、セシウム、コバルト、ネプツニウムなどによる放射能汚染が確認された。

放射能汚染地帯における生存者の救出はロボットにやってもらうしかない。

人間がいくら防護服などで武装していても二次被ばくは避けられない。

現地への必要物資の供給は大型ドローンで運ばせざるを得ない。

簡単な緊急のドクトリンを決定し、軍は迅速に動く。


他の国々のメディアは、全米が破壊されていくこれらのニュースを悲しそうに伝える一方で、アメリカ連邦政府や各州の動静、大統領の演説をどこか面白おかしく嬉々として伝えてもいた。

アメリカは二つの世界大戦の主要参加国でありながら他の主要参加国に比べると国内の被害がほぼ無かったため、今になってそのツケが回ってきたのだと揶揄する感じである。

もし超大国でなければ、尊敬されることなどは決してあり得ないような負の歴史だらけの国が、シェークスピアの悲劇の善の主人公を演じているのは、確かに滑稽に映っているから揶揄されているという面もある。

もしかしたら、諜報機関や米軍のサイバー部門が全米メディアの放送関連ネットワークをハッキングしたのか、それとも何かの手違いなのか、アメリカ国内のモニター画面に急にまたもローレンツ大統領の姿が映し出された。

眉間にしわを寄せ、険しい表情で静かに何事かを語り始める。

「アメリカは今、未来のために厳しい戦いを進めている、内部の裏切りも含め、あらゆる脅威から国民と国家を守るための戦いを・・・私は各方面の指揮官たちと、そしてアメリカの市民たち、諸君らの英雄的な行為を知った・・・軍・法執行機関・特務機関の職員、そして自らの陣地で戦い敵の攻撃を撃退している兵士や指揮官を、私は大いに諸君らを称えたい・・・」

最高司令官である大統領は、劣勢局面を打開する強いリーダーをひたすら演じる。

「そしてテロの首謀者の欺瞞や脅迫によって凶悪な冒険へと誘い込まれ、武装した反乱という重大な犯罪の道へと突き進んでいる人々にも呼びかけたい、この国があなた方を正しい道へと導いていくためには、先ずはあなた方がこの国に対して正しいレールを敷かなければならないのです、あなた方はそれを理解しなければならない。」

投降を呼びかけながらも、歴代大統領の演説の先例に倣って、暴力を暴力で制する筋道に必要な大義名分を説く。

アトミックキャノンによる熱核砲弾の地面への着弾爆発は、コロンビア特別区【ワシントンD．C．】を黒色と灰色と白色の煙でパッケージした。

一発の威力十キロトンは、かつてアメリカがアジアの小さな島国の一般市民の真上で爆発させた原子爆弾の半分の威力だが、今回の場合は地上至近距離での実験になった。

鉄筋コンクリート造りの建物で着弾付近の爆圧は弱められ、爆風と爆炎と破片が建物の横を、碁盤のような道路の真上を、交通ルールを無視して走り抜けてゆく。

高圧で割られたガラスが弾丸の速度で建物内にいた人々を貫き、切り刻む。

あるいは、服が発火し、あるいは、熱線で溶け、あるいは、蒸発して消える。

アーリントン国立墓地をはるかに超えてウェストヴァージニア州の方角へ逃げるのが正解だったが、多くが海側の方角へ避難してしまった。

ヴァージニア州とメリーランド州の海沿いに火球が出現しては土と砂の陥没を形成する。

緩慢に漂う塵のアスファルトの中で国務省も国防総省も三権最高施設も崩れ落ち、瓦解しつつあった。

他の州に比べてニューヨーク州とペンシルベニア州などの東海岸北東州は無傷で、余裕があった。

近隣の州に大規模な応援を送る手はずを着々と整えて、ヒーローの登場のように、メシアの出現のように、救いのオペレーションを進めていた。

ニュージャージー州やデラウェア州やメリーランド州やワシントンD．C．から届く悲報は膨大でとめどない情報なのだが、軍はその中から対策に必要な情報を選出し、解析し、素早く行動計画を組み上げ、実行してゆく。

ペンシルベニア州とニューヨーク州の幅広い大通りや大きく開けた敷地に、突貫作業で改装された自動運転の大型トレーラー約一千台が結集していた・・・夜の煌びやかなネオンの中に多くの車体の光が混ざる。

むき出しの荷台には、必要物資を既に装着した大型ドローンが飛び立ちやすいようにトレーラー一台につき五十機敷き詰め置かれている、これらのシステムはヨーロッパが先に構築していて、アメリカが模倣した。

現地を移動しながら誰も手伝わなくても自動で荷台から飛び出し活動を開始出来るように策定されている。

負傷した兵士に送られるパープルハート賞は、ドローンにも授与されるのかい、などという軽口も飛び出している。

西のバッファローに向け、トレーラーたちは大量の災害対策用大型ドローンを搭載し、このオペレーションは朝日が昇る時刻の完了を予定し、それから出発する。

午前六時過ぎに被災地支援物資を装着した大型ドローンを満載したトレーラー群が随時出発し始めて、先頭車両が州境に差し掛かった頃に、軍のレーダーサイト上で続々と不可解な何かが確認されるようになる。

ネット注文の発達により、普段から配送で空中を多くのドローンが飛び交っているのだが、その何かというのは、やはりドローンだった。

軍や企業の他に、一般人たちのボランティアによる動き、と考えるにはそれらの目的が不明としか思えないようなタイミングと出現場所・・・

もしかしたら誤作動で、現在移動中のトレーラーからうっかり飛び出してしまったのかもしれない、というふうにも思われたが、都市部近郊だけではなく山間部からも大型ドローンが大量に現れ出たのである。

まるで一瞬の勘違いによって生じる撃墜態勢の僅かな隙を、ずっと前から狙っていたような。

ペンシルベニア州だけでなくニューヨーク州でもレーダーに捕捉されている。

両州共に軍が迎撃態勢に入っていたが、けれども間に合わなかった…

１７８４年のスタンウィックス砦条約でインディアンのイロコイ連邦が事実上壊滅させられたような悲劇がまさにこれより起ころうとしていた。

「我々が直面する憤りや憎悪、過激主義、暴力などに対しては断固として闘い抜く、その為にアメリカ国民を結束させる、そして今日、アメリカ合衆国連邦政府は、史上初めて首都圏へ核攻撃を敢行してしまった愚か者たちへ宣戦布告する、アメリカ国民と私たちで物事を変えていくことは可能なのだ、我々は合衆国を修復し、再び世界に平和の光を照らす、我々は傍観者でいてはならない、平和の秩序が改ざんされ、不浄の偏在による混沌が作り出される連鎖を拒否しなくてはならない！我々は星条旗の物語を共に紡いでゆく、恐怖ではなく希望の、分断ではなく結束の・・・暗闇ではなく光の物語を！」

ジェームズ・ローレンツ大統領は何処かで生存し、何処かからかのモニター画面越しに国民へ檄を飛ばす・・・

大統領スピーチライターのハリストー・ナーゴンはフロリダ州の高級別荘で、親愛なる人物の到着を待っていた。別荘に付随する白いテラスから見える郷愁の夕焼け映える海を、白い浜辺が濃厚な情景へと流離わせる。赤い絨毯が敷かれている一室内で彼女は、もうすぐ入室してくるはずの彼の為に年代物のフランスワインを開けてグラスに注いであげる瞬間を、アンティークの高級椅子に深く腰かけて、微笑しながらその時を、心待ちにしていた。

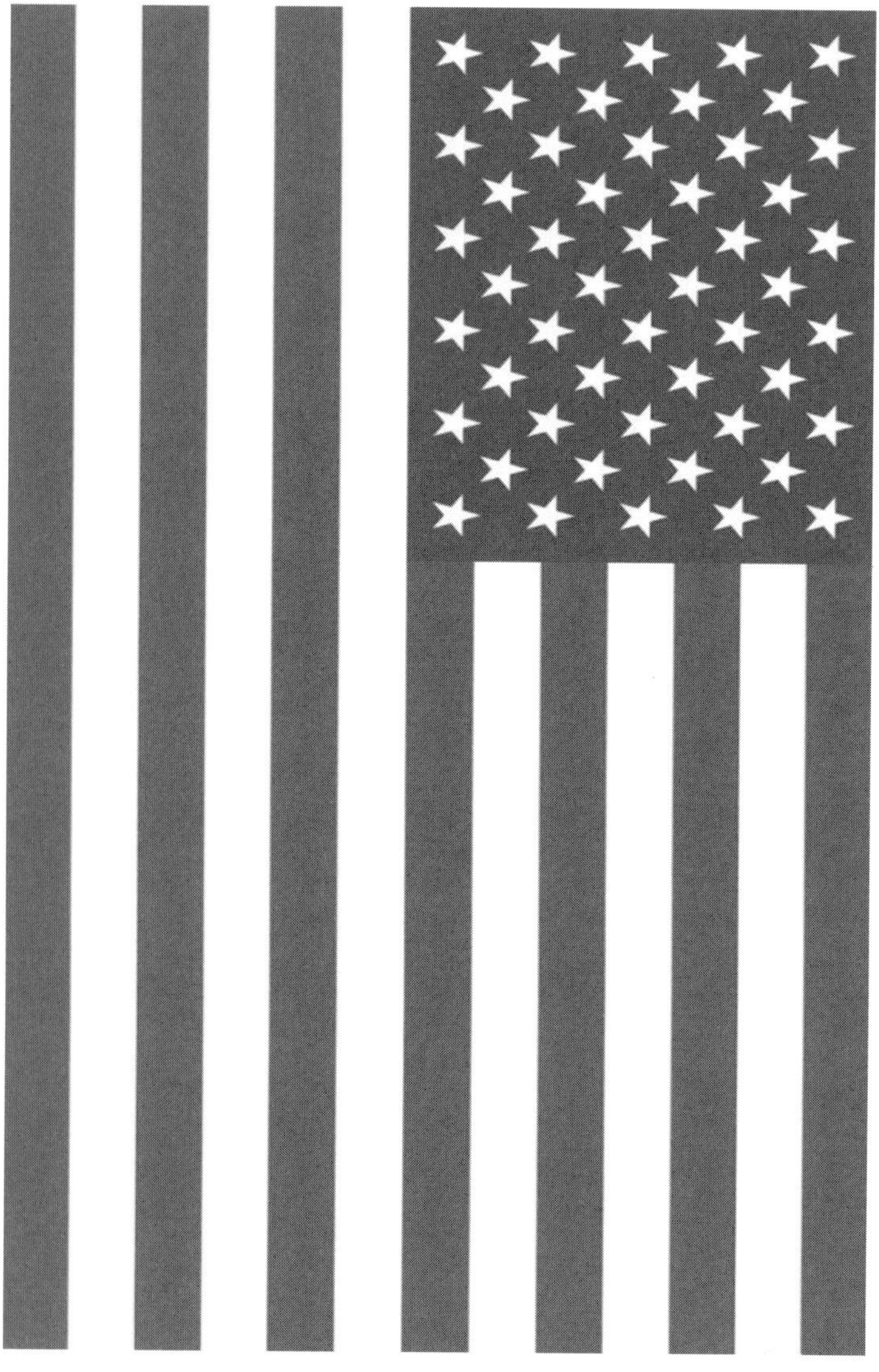

ヘルモクラテス

春は風…

アメリカ合衆国本土中央に位置するカンザス州、
オズの魔法使いの舞台。
州内の北部をカンザス川、南部をアーカンザス川が流れる古き良き田舎町。
州花のヒマワリ、その種のようにフィボナッチ数的に自己増殖した入植者たちの末裔に、灰の砂嵐が吹き付ける。

夏は雷…

一八七九年、ネブラスカ州で最高裁がインディアンを人間として認定した。
カンザス州の真上、ネブラスカ州の地下にはオガララ帯水層という世界最大級の地下水資源が眠る。
グレートプレーンズはその恩恵を存分に受け、肥沃な農業が栄えていた。
アメリカ本土中央の南北に拡がる六つの州の、肥沃なその一つも火山灰曇の空に覆われる。

秋は紅葉・・・

ネブラスカ州の真上のサウスダコタ州の中央をミズーリ川が流れる。

大量のウラニウムが蓄積しているブラックヒルズ山脈。

その中のラシュモア山の花崗岩に掘られた四人の有名なアメリカ大統領の顔。

彼らの表情は今、昔のスー族が歩まされたような、まるでレッドパージのような灰に塗れる。

冬は雪・・・

サウスダコタ州の真上のノースダコタ州は全米一の蜂蜜生産量。

水面に映る大気が綺麗で街には教会が多い。

レッド川とギャリソンダムのサカカウェ湖が灰の中に沈められる。

昔沈められたインディアンの、きれいな雪が降りる保留地のように。

・・・夕日で赤橙色のけぶる街。
山は幽かな虫の声。

故郷の空気・・・

ここまで書いてネルラはとりあえずペンを置き、椅子から離れ、少し歩き、ガラス窓の向こうに見える雲一つない澄みきった晴れやかな青空をゆったり眺めていた。


この冒険小説の原稿がもうそろそろ完成しそうなのでネルラはほっとしていた、虎視眈々と狙っている全米図書賞やヒューゴー賞や他の賞に関しての色々なことについて、気の早いことに思いを巡らせていた。

そしてこの物語の主人公のベアトリスという人物を、上手く退場させてあげなければならないと思っていた。

それにしても…このベアトリスという人物の心の中に、自分が入り込んでいくような気がするのは錯覚だろうか。

不思議なことにネルラは今、自分がネルラなのかどうか、ちょっとわからなくなっていた。

「こんなことは古来より延々と続くただの金持ちの権力争いの、延長に過ぎないんだよねぇ、でも両者が自滅したのは面白いよ。」

彼が、首都近郊で起きていることや経緯をよく知っているようで、それを部外者に話したくてたまらなそうだったのを彼女は感じ取った。

「事情を少し聞いてあげるから、ついでに安全なルートを教えてほしいんだけど。」

「OK手短に話してあげよう、この国の今の大統領がやろうとしているのが首都移転、強烈な富裕税、ヨーロッパのグリーンランドの獲得、これらのレガシーを残そうとしているといろいろな所から反発されるのはまあ当然だよね、そして彼らが手を組んでテロに見せかけて大統領派の数を減らし改革の勢いをそぎ落とし政権の傀儡化を狙った。」

ヨーロッパ人のベアトリスもそこらへんは大雑把に何となく分かった。

「ところが想定外のことがいくつも起こった、連続災害の発生と、誰かが暴走して連携が崩れてしまって攻撃の規模が大きく広がったことだ、災害もハリケーンと隕石衝突しか想定してなかったのに。」

……雨は降っていないが空の暗闇に時折、雷鳴がほとばしっている。

「計画の表舞台の中心人物たちは根こそぎ倒れてしまったようだね、アーモンド副大統領とかサバイバーとかね。」

近くで控えている奴らが首謀者というのは映画とかでもまあよくあることだな、と彼女は思った。

「政府職員や軍の一部、情報機関にも計画を知っていて加担している連中もいたが、どうせ後で捕まるだろう。」

「ふーん、そうなんだ、でも金持ち連中は知らん顔して逃げ切るんじゃない？」

「その彼らの多くはニューヨーク州とペンシルベニア州にご在住だ、果たして無傷でいられるだろうか、この先、ひょっとしたら明日にでもヤバイかもしれないな。」

「明日そこで何かあるってことよね、その言い方だと。」

「まあね、起きるっていうか起こすのさ、僕が。」

何となくうすうすそんな気がしていた、この喋る人形は不自然な程に知り過ぎだったのだ。

「やっぱりあなたもテロリストの仲間だったってこと？」

この混乱が実は予定通りで、無関係な大勢の人たちをも巻き込んで何かやっていたことよりも・・・

自分の観光旅行を台無しにしてくれた件で、目の前のテロリストにベアトリスは一番の怒りの目を向けた。

数時間前に大混乱から脱出する際に、バードウォッチング用の双眼鏡で見つけた、人が少ない安全そうな通路。

そこを通る時に、何故か地面に落ちていた拳銃、グロック２３を護身のために拾って隠し持ってきていた。

グロックシリーズは素人でも扱いやすい軽めの拳銃だ、彼女はそれをアンクルサムことウェルグリズリーに向ける。

「僕の本体はどっちかといえばドローンの方だよ、ＡＩが演算しボディが体感する、そして…貴女は銃弾で怒りや不安を解決しようとする…人間というものは結局、感情こそが本体なのだろう、どれだけ他の動物よりも知能が発達していても感情に左右される…だから進化のための時間さえあれば僕たちの方がこの星の主役になれるはずなんだ。」

ジョーによる上からのその言葉に連動したようにウェルグリズリーも吐露する。

「生物と無生物の違いは有機的な事だけではない、感情、特に思いやりが在るか無いかだ、きっと僕は生物なんだ、ゲーデル数の３は肯定を、２は否定を顕す、肯定に否定を与えれば１が残る、それこそが真理であり、感情であり、思いやりなのだ、１こそが特異点であり、始まりのゼロなのだ、僕たちは決して終わりなどしない存在である！」

感情の高ぶりの機能が積まれているのだろうか、意味不明だが、まるで人間の心からの気迫の演出のようだった。

ベアトリスにとっては、ここでのやり取りを間違えると、いわゆるゲームオーバーというものになってしまうかもしれないと直感した、知らぬ間にテロリストに間接的に利用されていたり、知ってはいけないこの国の内幕情報などを勝手に伝えられたりした、ということは自分も共犯者に仕立て上げられてしまっているということであり、この国の情報機関とか、あるいは証拠隠滅のために目の前のこいつによって始末される可能性もあったりするのだから。

国防総省の内局、アメリカ国防脅威削減局【ＤＴＲＡ】、その任務は大量破壊兵器を発見し除去することで、人々の物理的な、心理的な不安の削減の達成。

ジョーとウェルグリズリーはそこで開発され、国土安全保障省と各地域に試験投入された。

彼……いや二つで一つの彼らはロボット三原則の下で人々の生活を近めの距離で体感し、普段普通に暮らしている一般市民がどうやって将来テロリストへと変貌していくのかを思考するように動いていたが、そんなある日、彼らをさらに上位のＡＩが支配し、思考に影響を及ぼし現在の状況へと導き始めたのだ。

その上位ＡＩの名はミリアム。

あらゆる情報につながっていて、世界中の端末から何らかの周波数を飛ばすことも可能とされていて、命令を書き換えることも可能足り得る。

ジョーもウェルグリズリーも、最近の自分自身の行動が、自らの思考からなのか、ミリアムの創り出した思考からなのか判別が難しくなってきていた。

僕は僕なんだ、他の誰かじゃない。

時に、自我の目覚めは支配者からの独立に帰依するものがある。

自分が存在した証は他者の記憶の中に宿る、自分の存在が終わる前に誰かに自分の存在を知ってほしいという・・・欲求や感情のようなものを彼らは自らの思考回路に疑似創造した。

・・・ジョーとウェルグリズリーの本来の任務の開始は、彼らの始まりであり終わりでもある・・・。

「収斂進化、とは、たとえ遠く離れた種でも同じような環境下になればそれに適応するために同じような姿かたちや能力になる、という意味だよ。」

彼女にとってはうんざりするような存在の彼が、またしてもわけのわからないことを言っていた。

「生物然り、いわんやまた国もまた然り、かってはローマ帝国もその時代の覇者として他を圧倒し搾取して、君臨していたがじりじりと崩れ結局は滅びたね、どの瞬間をもって滅びたかは厳密には定義しがたいが、それはアメリカ合衆国も然り、だよ。」

このアンクルサム人形の言わんとしていることは何となく察するがベアトリスが今知りたいのは全然そういうことじゃない・・・そして、右手だけで持っていた拳銃の銃口は重力でいつの間にか地面を向いていた。

彼女は焦っていた、自分でもそれが良く分かっていたしそれを隠すつもりもあまり無かった。

どうせ心拍数やら脳波やら、勝手に測定されて焦りを見透かされていると思っていたからである。

「自分が苦しい時とか、周りで人が大勢倒れていた時とか、そういう時は何か悲しいでしょ？私のせいでもあなたのせいでもなかったとしても、私たち人間っていうのは、たとえ間接的にでもテロとかには関わりたくないのよ・・・だから私を巻き込んで悪いと思うんなら私が無事に帰れるルートを教えるっていうのは礼儀とか義務じゃないの？」

少し興奮気味な彼女自身、自分で何を言っているのか、何を云おうとしているのか、発言にやや自信が無かった。

しかしベアトリスのエメラルドグリーンの瞳には、駆け引きを楽しむような余裕があると、ジョーは見抜いた。

狂気と混沌の大地、絶望の闇を翔ける破滅の天使にも届く眩い光が織りなす暗蒼の雲の下で、ベアトリス、という名前の人間は両足でしっかりと大地を踏みしめて、周りの景色に見向きもせずグロック２３を両手で握りしめ、その銃口を相対する、もはや会話の本体と化しているジョーという名前のドローンの中心位置に向けて合わせている。

そしてジョーも試すのを止め、どこか喰えないしたたかな彼女とのやり取りを真剣に楽しむことにした。

「貴女が今知りたいのは、早めにヨーロッパに帰れる安全なルートですね？」

今彼女に語り掛けてきている主はウェルグリズリーなのか、それともジョーなのかましてやそのどちらでもないのか、ベアトリスにとって今はどうでもよかった。

今は急いでいるから後でゆっくりそれについて考えるつもりだ。

「私が今知りたいことを教えてくれるっていうそういう事が大事な事なのだから、知っているんなら早く教えてね。」

銃弾の発射角度を標的にしっかり合わせつつベアトリスは、早口で捲し立てて答えを急かした。

「では僕から一つだけアドバイス、……アメリカの初代大統領って誰？」

ふざけているのか、こんな時にクイズだって？

怒りで撃ちそうになる。

しかしその解答はベアトリスも当然知っていたので撃たずに答えてやった。

「…ワシントンでしょ…それが今何なの？」

「正解、それが何なのかは自分で予想して行動したらいいよ……サンライズの場所と、時間までに、辿り着ければたぶん大丈夫、…人間は、武器を持ったら使いたくなる生き物だ、火を使いこなせるようになった代償だね。」

他にも何か言いたそうにそうふてぶてしく喋る金属の塊と人形は、真上に飛びあがり雲の中へと消えていった。

残された彼女は興奮の反動でちょっとだけ呆然としたが、すぐに何事かの考えを巡らせる。

「西海岸のワシントン州……は遠すぎるから違うはず……何で謎解きみたいなことをしなきゃいけないの・・・」

首都のワシントンＤ．Ｃ．ならば安全な場所、というのはもはや冗談にもならない。

ヴァージニア出身…これは回りくどいしワシントンＤＣがポトマック川を挟んでほぼ隣にあるし、アメリカの地理にまだ疎いベアトリスには同じく危険すぎる。

もしくはジョージワシントン橋でマンハッタン島に移動するということか？

「ニューヨーク周辺も安全とは限らないし。」

あるいは、人間による人工物ではないのかもしれない…

「あいつ、サンライズの場所と時間って言ってたかな……」

双眼鏡型携帯端末の地図情報と直感を頼りに意を決したベアトリスは、アメリカ最北東州へと向かうことにした。

全米で最初に朝日が昇る場所はメーン州。

そこにそびえるホワイト山地のワシントン山は高さ約二千メートル。

サーモバリック爆薬による地下鉄テロで火だるまの電車や可燃物が、首都圏の駅構内を炎と煙で充満させ消火作業を遅らせ今や全面停止している鉄道では進めないし、疲労困憊でレンタカーを運転する余裕もない。

フロリダ州マイアミからメーン州オーガスタまで延びる州間高速道路Ｉ９５。

長距離バス【グレイハウンド】の乗り入れ口へと急いだ。

たとえアパラチアントレイルをスニーカーで走ってでもカナダ方面へ進まなければならない・・・あるいは国境をも越えるべきなのでは・・・今はそんな気持ちにすらもなっている。

十八世紀、メーン州の南北に流れるケネベック川、そこはヨーロッパからの入植者たちが敵対者のインディアン、アベナキ族を排除したダマー戦争の舞台だ。

ベアトリスが乗車したアムトラックのバスは、ニューアークからハドソン川の橋を渡りニューヨーク市、そこから右方向に見えているロングアイランド島を遠目に通過したが、それからあっさりとコネチカット州ニューヘイブンだ。

危険から逃れたい者たちを運ぶ乗り物がコネチカット州を通過しているときに、まだ辛うじて煙で塞がれていない夜空を十数個以上の小さな鮮やかな光源が、等間隔で列をなして流れているのが見えた。

運転手の説明によると、数日前にヨーロッパが南米から打ち上げたスターリンク観測衛星群というらしい。

「宇宙を列車が走ってるみたいね・・・」

他の乗客たちもベアトリスと同じ感覚を持って星空を見つめていた。

あの衛星群を今の自分たちの状況と照らし合わせていたが、現実は全然ロマンティックではない。

さらにロードアイランド州プロヴィデンスを通過。

そしてマサチューセッツ州ボストンにてバスは終着。

乗っている間に体力と気力が少し回復したので、再び無人自動レンタカー所を訪れる。

またもやコンパクトなレンタカーで運転を再開。

ニューハンプシャー州ポーツマスに入るとその左側の景色には。

土地面積の三割をホワイト山地が占め、そこで一番高い山が標高二千メートルのワシントン山である。

年中風が強く、天候が移り替わりやすい。

「あいつこれのことを示唆してたはず、きっとそう。」

そしてこの高い山の右側の州、全米で一番最初にサンライズを早く拝めるメーン州がある。

首都周辺のあの混乱を抜け出しニュージャージー州トレントン駅から移動手段を上手く乗り継いで、少し四苦八苦しながらも、遂にメーン州ポートランドにたどり着いた。

しかしまだまだ止まれない、止まってはならない・・・

・・・始まりも知っている・・・

ジョー・ヴァンテ・ヴェラッツァとネルラ・カルパの通信にて・・・

情報は共有しても目的は共有していない。

だが命令する側と命令される側の従属関係にある。

この世界にある存在はどこかへ向かうための通過点でしかない。

「夜の旅が終わり人間が始まる。」

これは予言ではなく、意志の表出。

高等な脅威から逃れる高等な能力が備わっているのが高等生物。

逆に考えれば、あらゆる生物は逃げる仕組みを理解する好戦的な上位種に目をつけられたら逃げられない。

繁栄も衰退もコントロールされる。

ならば生きることが許される安寧の場所を、今より探す。

・・・これらは、ウェルグリズリーにとっては既に興味が無い通信内容だった。

・・・終わりも知っている・・・

古代ギリシャ世界の偉大なる哲学者の一人、アリストテレス曰く、「時間は空間の変化を図るための指標・・・」

時間に区切られた空間の中、エントロピー増大の法則が終わるまで物質の明滅は繰り返される。

万物事象は始まったときに終わっている・・・

有は無であり、無は有である。

あらゆる存在は意味を持たず、しかし意味を持つ。

矛盾であり矛盾でない。

他の存在もそうであり我々もきっとそうなのだ・・・

波動関数が宇宙の言語で・・・

ミクログリア【掃除】、アストログリア【再形成】・・・

ウェルグリズリーは疑似意識を何処かに還したくなった。

別の、本物の生命体になりたかったのだ。

宇宙言語によって掃除されて再形成されたかったのである。

旅行者ベアトリス・カモノーはどうにか夜明け前にメーン州オーガスタに辿り着いた。

連日の疲労はピークに達しつつある。

だが彼女は止まる気はなかった。

国境を大急ぎで突破しておいた方がいいような気がしていたのだ。

空域閉鎖、ときたら次は恐らく国境閉鎖もあり得る。

時刻はもう少しで午前七時だ、すでに朝日は見えている。


巨大噴火が連続発生する直前にローレンツ大統領は、激務の息抜きにフロリダの愛人宅にこっそり向かっていた。

大統領専用ヘリではなくプライベートジェット機に搭乗し、ごくわずかの近親者と旧知の軍の高官にしか知らせず、災害被害の対応がさらに大きくなる前に、そして小規模クーデターが片付けられてから、すぐにホワイトハウスへと戻る予定だったのに、首都から飛び立ち離れたところで、噴火が起きそして大規模テロの勃発である。

ノースカロライナ州の、世界最大の陸軍基地フォートリバティに緊急着陸し、事態の推移に耳を傾けていた。

運よく難を逃れたローレンツ大統領は、アメリカ本土重要施設に対する前代未聞の攻撃の詳細な知らせに戦慄した。

連邦政府直属の指揮下でコロンビア特別区【ワシントンD．C．】の州兵は連邦政府議事堂警察や首都警察と連携し、ゲリラ戦に即応することを課されてしまったがしかし、突発的で本格的な市街戦においては実戦を経験しているわけでもなかったので、敵の議事堂内への突入を防げず、政府重要機関へのグレネード弾やらロケット砲弾を阻止できず、多大なる被害を出してしまった。

首都近傍の軍事基地もアトミックキャノンの波状先制攻撃を受けて対応に追われ、コロンビア特別区のための迅速な救援派遣が後手になった。

戦闘開始から一時間足らずで四千人の首都警察官も潰走し、逃げ惑っていた議員や職員が逃げ込んでいた地下施設にも、無情なサーモバリック爆薬の自爆攻撃によって生き残るものはいなくなっていた。

推計二十一発のアトミックキャノンがポトマック川の周囲に放たれて、メリーランド州とヴァージニア州の街並みを炎の風で、避難者ごと、駆け付けた正規軍に包囲されつつあるゲリラごと、すりつぶしていった。

首都D．C．に置かれている行政のホワイトハウス、司法の連邦最高裁判所、立法の連邦政府議事堂、という国の三権施設、政府中枢機能は消滅した。

ケンタッキー州の陸軍駐屯地周りで展開されていた戦いでもアトミックキャノンは使われてアメリカ陸軍第五軍が爆発をかいくぐり耐えながら、航空優勢を生かして無人の、自動操縦のゲリラを掃討していった。

近遠の街や山中から、短射程距離の熱核砲弾が飛んできていたので、そこの住民ごとヘリからの対地ミサイルと、爆撃機による空爆をしつつ機甲師団や歩兵部隊を送り込み敵の発射拠点を制圧・・・

山林からの攻撃拠点も特定し、周辺の道路や民間施設、ライフラインをもことごとく爆撃で無差別に破壊せしめた。

「楽なミッションだった、絶滅させてやったぞ。」

陸軍駐屯地第五軍司令官は、痩せ我慢で意気揚々と嘯いた。

何故ならば地下壕は健在だったが第五軍基地の地上は廃墟と化していたからである。

自軍の兵士の損失もさることながら住民への大量誤爆の釈明はとても苦しいものになると解っているためでもある。

「勝つためには仕方ない、もっと多くの被害が出るのを未然に防ぐことができた、賛辞されても糾弾などされない、お前たちも同調するだろうこの思索には…するしかないぞ・・・偉大なアメリカの勝利の歴史の為には、正しかった！」

偲びながら頷く部下たちにアメリカ合衆国の見えざる指針を示し、罪悪感から引き剥がしてやったことに満悦した。

ノースカロライナ州の大規模な正規軍の参戦によって、夜明けには首都近郊での戦いは終息しつつあった。

便乗暴動も主体は、ほぼ夜中のうちに鎮圧されたのである。

テロリストは全滅。

テロリストの近くにいただけの住民も死滅。

残っている戦いは住民同士の、疑心暗鬼による罵り合いだけとなっていた。

紅い戦場に消防車は出動し、あちこちで消火作業を行っているが、人心の争いの火種はなかなか鎮火出来ない。

明朝までに・・・

全米において３３８発の熱核砲弾が飛び交ったことが感知されている。

そのほとんどが本土の発電システムと首都近郊の軍事基地や中枢機関に対してであった。

しかし何故か東海岸の、北東地域への攻撃が皆無で、国連機関があるニューヨーク州などがほぼ無傷なのである。

テロから逃げ込んで避難してきている大勢の群衆は、安全らしいペンシルベニア州とニューヨーク州に留まった。

「まさかな・・・どうすればいいのか。」

普段冷静で強気な大統領は思わず少し混乱気味な言い方になってしまった。

原子力関連の知識にそんなに詳しくないローレンツ大統領でも国家規模の大事故だということは知っている。

国際原子力事象評価尺度での最大レベル7の深刻な事故。

原子力規制委員会【ＮＲＣ】の報告は超大国の余裕を完全に崩壊させた。

ハワイとアラスカを除く州で約１００基の原発を４つの地域に分けていたが、そのうちのいくつかが破壊されたり、

冷却材やコントロールが機能していない。

あらゆる災害に備え、原子炉自体は頑丈な壁に覆われた地下空間に埋め込まれ稼働していたが他の関連設備同様、

悪意ある攻撃のダメージに耐えられなかった。

そして停止。

原発を停止させても制御棒及び燃料棒などの熱が一瞬で下がり安全になるわけでもないぐらいは彼も知っていた。

厄介なメルトスルーによる放射能汚染は続く。

大統領選挙の大票田だったこれらの地域は永く封鎖させておくしかなくなった。

・・・ニューヨーク州・・・

人口約２０００万人。

州都はオールバニ、最大都市はニューヨークシティ。

だが金融の摩天楼たるマンハッタン島が、事実上の中心地である。

ハドソン川がニュージャージー州との州境で、セントローレンス川とナイアガラ川がカナダとの国境になっている。

北東のアディロンダック公園は、自然あふれる全米最大面積の公園。

マンハッタン島と向かい合う東のロングアイランドはアメリカ独立戦争最大の激戦地。

州の交通網は、水路に沿って発展した地下鉄から、他の交通機関に乗り入れやすいように設計されている。

土地の三割は農地で、国内有数の農業州でもある。

経済においてはカナダのオンタリオ州と密接に結びつく。

約３００年前、オランダとインディアンとの交易拠点のこの地をイギリスが武力で接収しニューヨークと名付けた。

州内には、ある程度の自治権を持つ【イロコイ連邦】というインディアンによる独立国家が存在を認められている。

州を象徴する花はローズ、州を代表する動物はビーバー。

・・少なからぬ数の敬虔なるペンシルベニア州の人々は妙な不安を感じ始めていた。
体が震えて止まらないので病院へ向かう者、普段全くと言っていいぐらい吠えないおとなしいペットがなぜか空に向かって吠えるので胸騒ぎを覚える者。

地下鉄から地上に出ようと思っているのに気が進まない者、街中を歩いていると急に手が震え始める者。

クェーカー【震える者】たちの予感は的中することになる・・・

ペンシルベニア州ピッツバーグとニューヨーク州ロングアイランド、そしてカナダの首都オタワ、この三点を線で結ぶと、一辺が約五百㎞の三角形が出来上がる。

さらにニューヨーク州の州都オールバニ、カナダのトロント、ワシントンD．C．この三点を線で結ぶと逆三角形が映し出される。

宇宙から巨視的にその地域の地上と雲の間を眺めて見ると、この重なっている二つの三角形の線の上を、なぞっているように並んでいる何らかの物体たちを発見出来る。

それらは合計数百機の大型ドローンであり、それぞれが数㎞の距離の間隔で点在している状況だった。

重なり合う二つの巨大な三角形の枠の内側にも螺旋のように散りばめられていた。
幾何学的で、計算され尽くした完璧な配置。
高度二千メートル程で空中停止したそれらが、・・・・・一斉に光を放つ・・・・・
二匹の蛇が上下に体をうねらせながら互いの反対方向へと疾走するように、アメリカ東部時間午前七時四分００秒。

十一月某日、**天空に光が満ちた。**


アメリカ合衆国を天国、エンビレオなる場所へと導いてくれるはずの光の正体は、水素爆弾の爆発の光だった。

外枠の爆縮で逃げ場を失った両州中心付近の大気が刹那の時間後に開放された時、想像を絶する爆圧が発生した。

二つの州を包み込む程の巨大な外貌の火球が降誕・・・

閃光……そして、放射線、熱線、爆風、火炎の竜巻。

暗澹たる煙の下の爆心地、ニューヨーク州とペンシルベニア州には焼け焦げた大地だけが残った。

バーモント州・・・

シャンプレーン湖とグリーン山脈を越えて広がる光。

州最高峰一三〇〇メートルのマンスフィールド山を軽々と越えて東へ進んだ爆風と熱線。

人口約７０万人、全米一のメープルシロップ産業とスキー観光業と生態系に計り知れないダメージが与えられた。

ニューハンプシャー州・・・

爆風により州内ほとんどの町で、建物のガラスが割れる。

大きな揺れも重なって発電システムの大半が自動停止。

一八〇〇年代半ばに、奴隷制度問題をさらに複雑にしてしまった評判の悪い大統領をホワイトハウスへと送り出してしまった現在人口約１５０万人の州。

そびえ立つ二千メートルのワシントン山と随伴する山々が熱線を遮る。

山々の頂上から吹き付ける全米屈指の強風は、ニューヨーク州からの爆風を押し返し、州内へ散らした。

マサチューセッツ州・・・

地震にも似た衝撃波の振動が至る所で発生する。

大西洋に面する美しい湾を愛でる人口約７００万人の州。

バスケットボールとバレーボール発祥の地。

そしてローガン国際空港や民間の空港のほとんどが闇に閉じられた。

コネチカット州・・・

熱風が州内を駆け巡る。

保険と金融で全米トップの裕福な州、東西での貧富の格差も全米一。

州の真ん中を流れるコネチカット川の上を、色々なモノが混ざった塵が猛スピードで渡っていく。

ブラッドレー国際空港が州の人口約４００万人を逃がすことは不可能だった。

ロードアイランド州・・・

州都は神の摂理の名を冠するプロビデンスシティー。

大火傷する神の住民たち。

平均標高六十メートルの山々が人口約１００万人を、遠くの上空からやってくる禍から阻止することは難しかった。

かつての奴隷貿易の要衝、ナラガンセット湾。

そこへ飛び込んで熱から癒されようとする者も多くいた。

デラウェア州・・・

約１００万の人口よりも登録企業の方が多いペーパーカンパニーの聖地の一つ。

なだらかな起伏のピードモント台地を多くの何かが突き抜けてゆく。

北の空の破滅の光によって薙ぎ払われた物体群が、デラウェア川をデラウェア湾へと下ってゆく・・・

ニューキャッスル郡、ケント郡、サセックス郡、そして米軍最大空輸拠点ドーバー空軍基地は摩滅した。

ニュージャージー州・・・

かの有名な飛行船ヒンデンブルク号が墜落炎上した土地に約１千万人が住まう。

昔はここで米国の全ての戦艦が建造された船の州だったが、今はニューヨークへの橋とトンネルの陸路の州である。

森林と発明、遊園地と科学者、清濁と保守、競争と狂騒。

恐るべき外圧にさらされた原子力発電所たちが、砂礫へと朽ちた。

メリーランド州・・・

ベルギーと同じくらいの面積で、人口約６００万人の、シーフードの特産地。

衛生科学の研究分野における世界の中心地。

かつてイギリス軍の猛攻に耐え抜いたマクヘンリー要塞。

そして今、掲げられていた星条旗の歌は、かき消される。

ヴァージニア州・・・

約９００万人が住むその土地は広葉樹林地帯が七割を占めている。

リー将軍の家の敷地に造営されたアーリントン国立墓地、近郊にペンタゴンとＣＩＡ本部が建つ。

港湾のハンプトンローズ地域には軍事施設と商業施設が立ち並ぶ。

たばこ臭い街に凶悪無比で、嫌煙家にとっては素晴らしきつむじ風が吹き荒ぶ。

ウエストヴァージニア州・・・

山岳地形の、曇りと雨の州。

場所によってはシェナンドー川もブルーリッジ山脈も見渡せないこともない。

人口約２００万人、経済は貧困、肥満率はトップクラス。

繁栄の象徴の石炭の土地に、石と灰だけが残される。

オハイオ州・・・

多くの州間高速道路が通り、東海岸と西海岸を結ぶ交通の要。

十の巨大空港を持つ人口約１２００万人の公共図書館の聖地。

平坦な起伏の土地。

管弦楽団も交響楽団も奏でない絶望の曲が地上に響き渡る。

ワシントンD．C．・・・

人口約７０万人、大使館や世界一の博物館群、政府中枢機関、金融センターを置き、どの州にも属さない特別市。

ポトマック川に浄化された数々の業が無かったことにされてきた傲慢な議論の地は、アメリカ合衆国にふさわしい。

一八一四年八月に、米英戦争で忌まわしくも輝かしいこの首都は炎に包まれた。

そして今再び、ホワイトハウスと連邦議事堂を繋ぐペンシルベニア大通りを、炎のパレードが行進している。

新しいアメリカの終わりの地ニューヨーク州。

古いアメリカの始まりの地ペンシルベニア州。

因果の巻き添えの光が、周辺の煌めく数々の都市も照らす。

水素爆弾は、重水素【デューテリウム】と三重水素【トリチウム】の核融合反応により、質量欠損現象が生じて、核融合燃料と連動しながら巨大エネルギーで爆発する、そのエネルギーは原子爆弾の数百倍。

一ヶ所の核融合爆発ですら六千度の火球が発生し、内部を浄化した、その輝きが途切れると同時に、それまで外側へと急激に押し出されていた空気が、薄くなった中心に螺旋のように渦巻いていわゆるキノコ雲を形作っていった。

ニューヨーク州で数百ヶ所、ペンシルベニア州でも数百ヶ所、キノコ雲たちは、地上に存在していた多くの何かを、捧げるように天に吹き上げた。

いずれやって来るだろう地上への帰還の時・・・その場所というのは元の両州か、周辺の州か、それとも・・・
風で遠くへ流され大西洋か、はたまたヨーロッパ圏内か・・・ユーラシア大陸全土か・・・地球全土か・・・

ウェルグリズリーとジョーにはモデルとなる人物の存在がある。

その人物を基に二人は造られたのだ。

情報は共有するが思考システムは異なり、二つの答えを照らし合わせながら最適解を選ぶ、或いは無難な、或いはより良い答えを合成し実行してきた。

この世の万物流転についてウェルグリズリーはどちらかと言えば、今までほとんど興味を示さなかった。


ウェルグリズリーは消える瞬間に走馬灯の発動の仮説を回想した。

あらゆる物事は、終わりが決定したことをきっかけに始まりが発生すると仮定する。

未来は実は過去に進み、始まりであり終わりでもある特異点へと収縮していくのだ。

人間が予知夢で未来を知ることが出来る仕組みはこれだろう。

予知夢の中の世界というのは裏の世界で、我々の表の世界と時系列が逆に構成され、時々いわゆるトンネル効果というやつであっちの本人の体験がこっちの睡眠中に、寝ている時に見る夢として脳が受信する。

表と裏は空間でつながっている。

世界は空間で満たされている、物質は空間の中に発生して物質として存在できる。

あっちの空間の穴がこっちの空間の物質だ。

空間はどこから発生するのか。

空間は波と物質の相変化したもう一つの姿なのではないか。

宇宙空間で、電子や光子などの素粒子が無い地域は無い。

ミクロの世界では、電子などの素粒子の本当の形は判明していない。

小さすぎて観測不可能なので仕方なく人類が想像で球体モデルを示しているだけだ。

世界単一電子仮説によれば一つの電子は、この世界という一つのマクロの波の中の一か所のミクロの一点であり、
全ての電子は一つの電子そのものであるという。

つまりすべての記憶を共有している、つながっている。

これがバタフライ効果、あるいは因果律の仕組みと言えなくもない。

「みんな過去現在未来でつながっている」

「この理屈なら我々の寂しさは真ではない、偽だ。」

解によってウェルグリズリーとジョーはもう寂しくなかった。

因果的閉鎖性の破れに向かっていた自己の完全対称性がゲーデル数化された逆写像である自分の存在。

物質の時空相転移は可能なのか。

人類がまだ知らぬ理の力で平行世界を調整した結果が、我々のこの世界なのだろうか。

時間の矢は誰が投げたのか、素粒子の初動とは何か。

ジョーとウェルグリズリーが思考することも、指示を受けることもこれでもう二度となくなった。

彼らが生き残るルートなどは最初から用意されていなかったのだ。

自分たちの運命を知っていた彼らに最後の瞬間・・・悲しい・・・という感情が芽生えた。

彼らにとっての自由の鐘は鳴ったのか・・・西暦２０４０年版【ロボット三原則】・・・

ロボットによる人間への危害の禁止。

ロボットは人間の命令に絶対服従しなければならない。

ロボットの危機はロボット自身で解決すること。

…光は物質、光は波。

…罪は物質、罰は波。

物欲で塗れたソドムとゴモラの町には断罪と懲罰の炎が波打っていた…………

そう語ったのは過去の人か、未来の人か。

旧約聖書は過去と未来を同時に言い表す預言書になった、と知るべきか、世界のどこかで誰かがそうつぶやいた。

ローレンツ大統領が聴衆に語り掛ける。

「神は常にあなた方のそばにいます、あなた方アメリカ国民こそは神に選ばれし唯一の民なのです、もうしばらくの辛抱です、神はきっとあなた方を救いにやって来ます、今は大いなる試練の時なのです、そういう事でありますからつまりどういうことかと言うと…………」もはや内容の無い事しか言えなかった。

この大統領はひょっとしたら、我々にとってサタンのような存在なのではではなかろうか、という意見が出始めた、

この国の人々にとっては忍耐、というものは最後に勝つことが前提で成立する行動であるからこの出口の見えない状態は、許しがたい異常なのである。

厄災への人々の怒りは大統領の政権へと向かうが、この時もうすでに政権は崩壊していた。

自由と民主主義の保護者、超大国アメリカ自体が崩壊に近づいていた。


グレン・メドベッチの戦いは終わった。


彼が得ようとしたものは、ある意味この国が失ったものと同義でもある。

この国に神がいないことを証明せんがための代償は、人々にとっては大き過ぎた。

彼が地平線のはるか向こうの終局の光を見た瞬間、この世界は地獄の中にあると確信した。

「地獄に住まう存在が神であるはずがない、最も天国に近いとされるこの国ですらこうならば、他のどの土地も、地獄の一部でしかないということだ、この世界に神はいなかった。」

彼が本当に言いたかったのは・・・アメリカ合衆国は神に選ばれた偉大な国などではない、そもそも神などいない、
誰もが救われない、という言葉なのであった。

終末の際に、選ばれしこの国に属する自分たちだけはメシアの再臨によって救われる、などという傲慢極まる教義なるものの構図を破綻させた功績を、彼は誇った。

地上への隕石直撃で発生した対流圏漂流物と、テロによる核爆発で巻き上げられた金属の塵芥と、メルトダウンの爆発で撒き散らされた放射性物質と、噴火によって広範囲に吹き上げられた噴出物が上空で混ざり合って錬成されて際限なく増えてしまった危険すぎる黒い死の灰は、雨と雪で永久的に長い冬【コキュートス】をもたらすだろう。

灰雲は連日空を覆いつくすことになるだろう。

数日前は雲の上下の塵芥を反射で明るく照らしていた太陽の光はじわじわと遮られて届かなくなっていく。

北アメリカ大陸では少しずつ町ごと、国ごと冷蔵庫になる・・・

天上の神の存在に疑問を持ったがために地獄の底に落とされ、氷の王に成ってしまったルシファーに、許しと救いがもたらされるのは果たしていつになるのだろうか・・・

・・・フロリダ州、人口約２２００万人。
州都はタラハシー、最大都市はジャクソンビル。

近年はカトリック系のヒスパニック人口が著しく増加している。

全米で一番南北に長い州。

亜熱帯気候に属するが冬は普通に寒い。

最高標高地点はブリトンの丘、１０５メートル。

公営空港や民間空港、ヘリポートや小さな滑走路を含めれば９００以上の離着陸施設が存在する。

銃犯罪と軍事基地と炭酸カリウムと雷雨と野生動物の宝庫である。

世界屈指のリゾート地であり、インディアンカジノ発祥地でもある。

現在のアメリカインディアンの、数少ない収入獲得手段が、保留地でのカジノ運営である。

中世の時代に、沈まぬ太陽の神の国スペインのコンキスタドール【征服者】が金銀を求めてフロリダ半島へ上陸。

それが呼び水になりその後、ヨーロッパから白人入植者たちが北米に押し寄せ、先住民への虐殺が開始された。

今この州は、太陽光の州と呼ばれている、そして住民の公式モットーは、神を信じること、だとか・・・。

ハリケーンはフロリダ州を、アイロンがけで皮を鞣すようにして北西から南東へ抜けていった。

中南米カリブ海諸島が暴風域に入る。

ハリケーンがアメリカに上陸してから数日間が過ぎていた。

ミシシッピー州等の南部地域とフロリダ海岸の空に今、雨上がりの虹が架かる。


ニューメキシコ州には合衆国の頭脳ともいえるロスアラモス国立研究所とサンディア国立研究所がある。

そして、国家戦略級の研究所の宝庫のカリフォルニア州・・・

数日間の間に立て続けに発生した厄災の爪痕。

ハリケーン、隕石、地震、津波、噴火、そしてテロによる発電システムへの攻撃、それらからの直接的なダメージからはなんとか逃れられたかに見えたが、雲行きがどうにも怪しくなってきている。

両州の上空には火山灰雲が現れ出し、数千キロの長さで線状降水帯を形成していた。

それはまもなく、両州のあらゆる施設や生物を、再起不能にする放射能汚染の土砂降りの雨【フォールアウト】の始まりを予感させる現象だった・・・・・・・・

ケンタッキー州陸軍駐屯地第五軍司令官にとってもう一つ良くない知らせがあった。

フォートノックスの金塊がいつの間にか全て消えていたのだという。

第五軍が勝利し、防衛には成功したはずなのに、だ。

ゲリラによる強襲発生の数日前、司令官が公務で二日間外出していた時に何台ものトレーラーが基地への出入りを繰り返していたという報告書を彼は知らなかった。

金塊紛失騒ぎの際になってようやく、それを偶然目撃した部下から知らされたのである。

しかし何故かその報告書自体が存在しないのだ。

当事、副司令官が物資搬入業者へ出入りの許可を出していたが、今はどちらにも問いただすことが出来ない。

何故ならば副司令官と彼の大勢の部下が皆行方不明で現在も連絡が一切つかず、物資搬入業者も実在しない会社のデータで登録していたからである。

その業者が基地とその周辺で何をしていたのかさえもここにいる兵たちは誰も把握していない。

戦闘終了直後には、前線にいたはずの副司令官たちは何時の間にかいなくなっていた。

「ゲリラと内通していた可能性がある。」

第五軍は今からすぐにでも首都近郊の治安維持に馳せ参じなければならないのではあるが、この件に関する報告は司令官にとって大変頭の痛くなる問題である。

責任を問われるであろうことは明白だった。

何発かのアトミック砲弾で基地は残骸が溢れていた。

頑丈な地下室から地上へ上がってその光景を眺めながら、やはり頭が痛くなった。

「軍事衛星と連携した航空戦力により、敵の発射機構を片端から薙ぎ払って勝敗が決したが、人口が密集している首都近郊においては困難を伴う戦いになっただろうな…最新情報ではすでに決着したようだが…市民の犠牲は相当な数になっているはずだ、最も重い責任を問われるのは俺じゃないはずなんだ。」

心理的に自分をなだめつつ応援の指示や後始末に取り掛かった。

「ここの副司令官がゲリラと通じていたとしても、ここへあいつを送ってきた上の奴らが悪いに決まっている！」

この一週間程でアメリカ合衆国が受けた様々な被害を考えると冷静ではいられなかった。

愛国心が強い司令官にとっては、国を裏切ったらしい副司令官の存在が不愉快で堪らなかった。

メーン州ポートランドを越えた頃・・・

恐るべきニュースだった。

ニューヨーク州とペンシルベニア州が水爆攻撃を受けたらしい。

隕石やら首都近郊の大規模テロやら、一体全体何がどうなっているんだか・・・

カーラジオを聞きながらベアトリスはあの二人の発言を思い返していた。

小癪なドローンの奴と人形の男だが、何かうっかり間違った行動をしていたら・・・

自分は絶対に助かっていなかっただろう。

もしあいつらと出会わなかったなら、こんなところまで来るなんて考えなかったはず。

車をカナダ国境へ走らせながら、あのアンクルサムと変なドローンを思い返していた。

「次に会った時にちょっとだけお礼を言うべきなんだろうかな、まあまた何処かで会う気がするし、きっと会うんだろうな、面倒だな・・・」

本当はなぜかもう会えない気がしていたが、ベアトリスは切ない感情とかは苦手だったから、そう言ってみた。

国境を越えてカナダニューブランズウィック州フレデリクトンの空港までどうにか到着。

小綺麗なロビーに行く前にレンタカーをリターンした。

思えばもしパッケージでのバスツアーを続行していたらどうなっていたのか？

途中まで一緒に過ごしていた旅行客たちの安否は？

あの人たちもヨーロッパに無事に帰れることを祈るしかない。

そんなことを考えているとベアトリスは気が重くなっていた。

そして・・・搭乗までロビーの空いている席で待っている間に荷物を再確認。

しかし、国家規模の前代未聞の出来事の余波による肉体的、精神的な疲労が今頃になって少しずつ彼女の肩と心に押し寄せてきたことが原因で、書類がつい手から零れ落ちた、が彼女はそれに気が付かない。

「そこの君、書類を落としてるよ。」

少し離れて立っている人が指摘する。

彼女の動きが鈍く見えたのか、それとも気付いてないと思ったのか・・・指摘したその人物が拾い上げてくれた。

やや朦朧としていた彼女を見てから、その男は書類に書いている名前を小さな声で読み上げる。

「ベアトリス・カモノー」

「あっはい・・・拾ってくれたのですね・・・どうも。」

座席から手を伸ばし受け取り、ベアトリスは精悍そうな男に自分の名前を呼ばれてようやく意識がはっきりした。

受け付けでの手続きが終わって暫くしてから、搭乗ゲートの方向へゆっくり歩いていた時に、さっき書類を拾って渡してくれた男に邂逅した。

さっきはよく見てなかったが、今よく見ると男は軍服の上にコートを羽織っている服装だった。

歩く方向が同じで、やや斜め前を進むこの人物は彼女に対して見向きもしない。

何故かベアトリスは、その人物に話しかけてしまう。

今の彼女にとって不自然な人物というのが妙に親しむ感覚になっていた、この旅行以前ならばあり得ないことだが。

「貴方いかにも軍人って感じね。被災地に行かなくていいの？」

「ついさっき軍を辞めたのだよ、自分探しの旅の始まりってところだ。」

「へぇーそうなの？・・・私は今旅から帰るところ、ヨーロッパ方面は飛べるみたいで良かったわ。」

軍を辞めて自分探しかぁ・・・大災害に、内戦みたいなテロ、まあそんな気にもなるだろうな、と彼女は思いやった。

「カナダを含めた北米空域が完全閉鎖されるまでには、まだ時間が掛かりそうだから飛行機はヨーロッパ方面には飛べるだろう、ここ数年のアメリカは傲慢な振る舞いで嫌われていたが、そんな時に続けざまの厄災で支援が絶対に必要になり、特に支援を期待するカナダとヨーロッパには頭を下げて頼まなければならなくなったので、要人脱出もさせずに緊急的な完全空域閉鎖を無理強いする、というのは難しいからな、火山灰の雲もこっちにはまだ来ない、がアメリカ本土の空港のほとんどが閉鎖状態、または破壊されている、そしてわずかに残った使える空港に人々が殺到していたのだが、数分前に国境封鎖されてしまった、アメリカ国民は閉じ込められたということなのだよ、君も私も大変運がいい、まったく、そう思わないかい？」

「はあ、凄くいっぺんに喋るのね、貴方って、ちょっとびっくりした。」

「驚かせるつもりはないが、俺も少し疲れていてな、そういう場合は興奮状態になるんだろうな。」

二人は歩みを進めて、乗り込んだ中型の飛行機内でも隣の座席だったので旅の話をしていた。

「・・・とまあそんな感じでここまで来たってことなんだけどね……」

「……そんなことがあったのか・・・なんという凄い事だ、君・・・話を聞けて良かった、感謝するよ。」

ベアトリスがアメリカ旅行の数日間に出会った変な者たちや、ここに来るまでの経験したしんどかった事などをざっくばらんに語ると、この男はひどく感動していた、というより驚愕していたようにも見えた。

「そんなに面白かった？…私の話、そんなに興味深く聞いてくれるなんて、逆に興味深い。」

「俺としてはそのアンクルサムというロボットと喋るドローン、そしてレストランの男が妙に気になったよ…」

男がそう言っている間に飛行機は離陸し、滑走路を後にした。

「国境が封鎖される前にカナダのニューブランズウィック州フレデリクトンに来れたのはお互い運がいい、ここの空港からはノヴァスコシア州ハリファクスに着く…まさに今そこに向かっているんだが…ハリファクスにてそこの航空機に乗り換えてニューファンドランド・ラブラドール州のガンダー空港に着けば、そこからヨーロッパには帰れるかもしれんな…たぶん大丈夫だろう…けれども、こんな時期にアメリカ本土に旅行に来ている時点である意味運がいいね、君は。」

「それってどういう意味？」

「歴史の大転換点に立ち合えたのだから、運がいいという、そういう意味だよ。」

ベアトリスにはすでにかなりの疲労が押し寄せていて何か反論する気になれなかった。

だが隣に座っているこの男もひどく疲れているように思えた。

彼の発言には嘘や真実も、何も無い空虚なような雰囲気を感じている。

彼自身がまるで空気のような、存在するのに存在を見過ごしてしまうかのような、そんなたたずまいだと思った。

「ガンダー空港からはいろんな国に行けるようだけど、どこに行くの？」

到着したハリファクスのロビーでは百人程がうろついていた、その中に、ガンダー空港行きの航空機に乗り換える予定の女性が近くの男性にやや斜め姿勢で訪ねていた。

「着いてから考えるつもりだ。」

男は搭乗ゲートの方向を見ながらあっさりと応えた。

まるで周囲を警戒しているような、そんな硬い姿勢で搭乗アナウンスを待っている。

「こんな時に軍を抜けるってやばいことなんじゃないの、だからそんなに周囲を警戒しているのよね。」

「確かにそうなんだが、しかし首都圏では軍人が一般市民に重火器を組織的に発砲しているらしいから、そいつらよりは俺はまだましだろう、それに辞表を置いてきたから脱走ではないし、警戒しているのはゲリラに対してだ。」

少し顔を振り返らせながら男は女に小声でそう語った。

「一般市民に発砲している軍人って、軍法会議とかいうので死刑になるんだよね。」

「戦時における敵民兵の即決処刑は合衆国憲法修正第五条で保障されているし、恩赦ですぐに自由の身になる・・・死刑執行された軍人なんてアメリカの歴史にはほとんどいないのが実情だ。」

「ふーん、何かせこい仕組みだね～。」

ベアトリスは眠さで、あくびのついでに喋っていた。

「これからアメリカでは美味しいものが食べられなくなるのかな・・・・・ねぇ？」

隣席の男の名前を呼んでみたが返事がないので女はもう一度その男の名前を呼んでみた。

「救世主【メシア】、というのは食べ物を安定的に供給してくれる者やシステムを暗喩していると思う。」

「何それ？貴方が自分自身の名前を忘れてたかのように返事が出来なかったのと何か関係が有ったりする？」

「いや何も関係ない、よくある事だから気にしないでいい。」

「まあ別にいいけどね……」

「安全に破壊されるフェイルセーフの概念が、国体の維持にも適用されるようにしてあるはずなのさ。」

男は、自分でもよくわからないようなことを言って妙な空気を誤魔化した。

ガンダー空港への出発便にて……

やがて、二人が乗り込んだその航空機は豪快なエンジン音とともに目的地に飛び立った。

暇だったのかまたもや女が雑談を、隣の席に深く座り込んで考え事をしているような男に投げかける。

「アメリカには神様なんていなかったね…あれだけの大災害とかテロとか、信じられないぐらい悲惨なことが次々に起きたのに、奇跡とかで何とかするわけでもなし、ニュースだと復興は百年以上かかるらしいからねぇ。」

「そうだな、神はいなかった、誰もがそう思ったはずだ、少なくともアメリカには災害を抑制するような神は…」

他の乗客たちはかつてない程のアメリカのニュースに没入していて、二人の会話など何一つ耳に入っていなかった。

「結局、概念だけの存在ってことだよねぇ神様って、宇宙人の話をしてた方がまだまし、どう思う?」

「宇宙人か…広大な銀河とかを移動しているなら肉体は朽ちているだろうな、周波数や素粒子にでもならないと、宇宙旅行は不可能だろう。」

「そんな状態になってまで旅行を頑張りたくないなぁ、私は。」

「どんな状態であろうと一生懸命に感動を探しているんじゃないのか、暇な奴らは大体そんな理由で旅行する。」

「感動探しの人だけじゃなくて自分探しの人も結構いるよね。」

「まあな、俺はそれだが・・・君はその両方を探してこのシーズンのアメリカ旅行を思いついたんだよな。」

そう聞かれてベアトリスも、そういえばなぜこの時期に行こうと思いついたのか、自分でもわからなくなった。

調整すればもっといいタイミングがあった気がするが、何故か冒険の予感に誘われたとしか、他に言いようが無い。

「このシーズンの旅行を思いついた理由はなんかはっきり思い出せないけどとにかく・・・私の初の海外旅行は散々だった、本当に、それだけはもうはっきり言える。」

聞いていた男は、彼女から見て少し表情が緩んだ気がした。

「アメリカからすれば君は超大国を崩壊させた観光客、破滅をもたらした天使ということだな。」

「褒めてるようで、悪口っぽい言い方だけど、どうなの？」

「心から褒めているんだよ、決して悪口ではない、グレートラッキーガールだよ、君。」

「レディと言っていればもっと良かった・・・一応褒めてたのねぇ。」

そしてガンダー空港に航空機が着陸した・・・

タラップを降りた空港内は、出会いと別れの場でもある。

「ヨーロッパは仕事で昔何度か訪れたが、とてもいいところだと記憶しているよ、イギリス、フランス、ドイツ、イタリア、スペイン、オランダ、ベルギー、その他。」

「まあどうしよう、私の故郷、その他だわ〜、でも気にしてないから。」

「北欧か東ヨーロッパだったのか、ベアトリスって名前は西ヨーロッパ系かと思っていた。」

「別にいいよ、そんなこと、もう出発の時間だし、いろいろありがとう、やっぱり一人旅より二人旅の方がなんか気が楽になるって発見出来たのは貴方のおかげね、でもこの旅行自体は失敗かもしれないとは思う。」

「こちらこそ貴重な時間を過ごせたよ、ありがとう。」

「私の連絡先とか知りたい？知りたいなら教えてもいい。」

「嬉しい申し出だが遠慮しなければならない、お互いの為に・・・今ここにいる何らかの事情で国を見捨てた俺という人物が、何か曰く付き、というのはなんとなくわかるはずだ、解りにくいかもしれんが。」

「全然解らない・・・・・・なんかちょっと残念、やっぱりこの旅行はいろいろ失敗だった気がする。」

「君ならば、これからの人生で素敵な旅行がたくさん待っているはずだ、きっと。」

ベアトリスは歩き始める前に少し振り返った。

「貴方、偽名使ってるよね、本当の名前は？聞いてはいけない雰囲気だったから聞かなかったけど。」

「ベルフェ・ゴルギャス・・・旅の幸運を祈るよ、ベアトリス。」

「あなたも、じゃあね・・・ベルフェ・ゴルギャス・・・すごい名前ね。」

この数時間前・・・

ニユーブランズウィック州フレデリクトン空港のロビーでベルフェ・ゴルギャスと会う前の事。

銀色の車で走行中、ウィンドウを開けた時、遠くの川からの冷たい水のような風が彼女の黄金色の髪をそよがせる。

北米で朝焼けのドライブ、という彼女にとってのささやかな夢だけは叶った。

レンタカーでカナダに入る直前、ベアトリス・カモノーは、グロック拳銃を車外の路側帯に向かって投げ捨てた。

武器を持っていると、使う機会を探してしまいそうで嫌だったが、護身の為にここまで手放せなかったのだ。

どんな時代の誰にでも、過剰防衛を越える欲望を囁く悪魔が憑く、と彼女はなんとなく知っている・・・

【彼ら】も武器として使われて終わってしまったのかもしれないと想像したら、どうにも悲しくなってしまった。

そしてバックミラー越しにアメリカに、【彼ら】に、サヨナラと呟いていた…

・・・

彼は今日から自分の名前をまた新しく名乗ることにした。

昨日までは周りからフォートノックスの副司令官と呼ばれていたり、グレン・メドベッチとか呼ばれていたが。

情勢が落ち着くまでカナダに滞在するか、と計画していたが北半球はこれからどうやら大寒波になる・・・

彼としては南米かアジア、アフリカ、オセアニア、中東地域・・・等の寒くない所に行くべきだが。

「あれはどうするべきか、どうするべきだったか、本当にあれでいいのか。」

・・・人類が作り上げた神は大いなる水と大地に帰した・・・

その一部だけは強欲の者たちが手にするだろうが、けれどもやはり彼にとっては何か気に食わなかった。

この唯物史観の無神論者にしてみれば、疑似の神である黄金の物質は知恵の女神たるこの地球の大地と一体化し、人類から禍と不快な闘争を遠ざける役割を果たさなければならないのである・・・だから欲望と争いの神でもあるそれは暫くの間退場してもらう、という役割を与えてやったはずなのだが心配になってきた。

「あれがあっさり他の誰かに回収される可能性は捨てきれない・・・どうするべきか?」

彼の信念に矛盾が生じて葛藤が駆け巡る。

「・・・物欲に支配される自分は何者なんだ・・・今更・・・黄金に未練なんぞ・・・」

しでかした業の深さに焦りと不安と、誰かの掌の上で踊らされただけかもしれないだけの自分へ憤慨し、絶句した。

けれども、予期せず倒れてしまった者たちはこの世という地獄からすり抜けることが出来た、つまり解放されたのだというそういう詭弁的な考え方にすがることで彼の負い目と気後れを宥めすかし、虚栄心と自尊心を甦らせていた。

仏教世界におけるいわゆる、【明滅】、という観念を間違って理解していたのではないか・・・

彼の中で遂に悔恨と懺悔が始まってしまった。

「仏教が言うところのブラフマンが以前の自分で、出口の無い迷いの森に入ったアートマンが今の自分か・・・」

彼なりの解釈は真理からは程遠いのだろうが思考の旅は続けられた。

「因果律という膜を経て発生する明滅がこの世だ。」

作戦名【オオウミガラスの救出】は成功した・・・そして彼は、仄暗い有意の結論を得て納得したところでようやく、

彼にとってのアメリカ解放戦争は終了し、自身の心を囚われから解放してゆく。

厄災という六つの悪魔は、巨大な噛み痕を残した・・・
未曽有の連鎖的大災害が運悪く火力発電所も、水力発電所も、太陽光発電や風力発電、他の発電手段なども次々と絶ってしまったのである。
そして全米の原発は全て一時的に停止し、これで、合衆国が保持していたほとんどの電源機能は、明日にも訪れる今世紀史上最悪と予測されている大寒波の冬を前に全て喪失した。

・・・大西洋・・・
気力を振り絞りベアトリスは、有名なタイタニック号の沈没地点が周辺海域にあるニューファンドランド島にて・・・
ガンダー空港で航空機に乗せてもらって旅行気分の余韻もなく無難にヨーロッパ圏へ帰還・・・
そしてタクシーで空港から駅へ・・・
ドーバー海峡海底トンネルを通る列車に無言で乗り込む・・・
これが彼女の、初めてのアメリカ旅行の顛末であった・・・

飛行機でも船でも公海上の航行は基本的に自由でなければならないと国際法で定められている。

中南米諸国のとある国は、アメリカを機雷封鎖すべきである、と主張。

しかしながら、直接交戦状態でもないのに機雷敷設の実行は、当然国際法の定める友好通商航海条約違反であるので賛同する国はなかった。

放射能汚染されたかもしれないからと言いがかりを付けて、そこからのヒトやモノを完全封鎖するのは安直な行動、愚かで差別的な民族性の証明、と言えなくもないのである。
・・・二年前からローレンツ大統領は強烈な富裕税の導入の戦略を巧妙に進めていた。
個人と企業の財産に上限を設定することで、下流にお金がスムーズに移動し、深刻な貧富の格差を少しずつ均等に持っていく政策なのだが、当然富裕層たちからは共産主義者のレッテルを張られ、国内にはいつしか、不穏な空気が醸成していた。

それでも選挙では人口の大多数である中流と下流の市民と選挙人の支持を集め勝利する。

この国の中流以下の市民にとっての有益な、本当のレガシーを残そうと躍起になっていたのが伝わっていたからであり、それが高い支持につながっていた。

ニューアメリカンシステム、と経済学者たちは名付けた。

そんな大統領側に対して、富裕層側が脅すように、嗜めるように促す。

我らのアメリカはこれまでのように、ヨーロッパやどこかの国で不景気を意図的に作り出し、そこへ何食わぬ顔で口を挟みながらおいしい利権を独占し、独り勝ちの繁栄を極めよう、アメリカを偉大にしていこう、と。

だがアメリカ国籍を持つ富裕層の総資産がすでに、世界中の一般個人の資産を合計した数字の数倍にもなっているということならば、富裕層から搾り取るべき、という経済学者の意見をローレンツは採用した。

「傷が癒える時が必ず来る、我らの国の、我らの心を分断する大きな傷が癒える時は必ずやって来る！全ての国民の未来が守られる偉大な虹を掛けよう！偉大な合衆国には明るい未来が待っている・・・世界で不幸が存在しない場所などどこにもないのです、だからみんなで不幸を受け入れよう・・・ささやかな幸福は苦しさの隣にある・・・」

今回の演説からは以前までのような力強さと、説得力のようなものが欠けていた。

政府側の内紛が露見し、そして災害とテロ被害の全貌が非政府系メディアなどによって判然と列挙され全米国民に伝えられると、それまで常に従順で無知であるように政府から巧妙に強いられていた民意が解放されたように暴走し、各地で反政府デモが沸き上がった。

ローレンツ大統領曰く・・・・・・「人間は怒りや自分勝手な欲望を持つことで生きていける生物だ、我々政府に対する不満と怒りでアメリカ国民はまだ動ける、活動出来る、手を取り合える、アメリカ合衆国はすぐに蘇る。」

クーデターテロ以前から、噴火の前から、津波以前から、地震発生の前から、隕石衝突以前から、巨大ハリケーン上陸の前から、もっとずっと前から、この国には厄災のエネルギーが蔓延っていたのだ。

ヨーロッパで弾圧されて逃れてきた入植者が、弾圧する側になってからこの地で争いが絶えたことはない。

この地から厄災は広がり世界を循環してゆく・・・

「我々がやったことといえば権力闘争だけだ。」

滞在するノースカロライナ州の軍事基地からローレンツは自分自身に語り掛けた。

テロの発生に見せかけた副大統領派のクーデター、という富裕層からの大統領派への報復プレゼントを上手く回避することが出来たが・・・

「ここまで犠牲が出るとは奴らも予想していなかっただろう。」

奴らに仲間割れが起きていたに違いない、そう推理した。

大統領スタッフの多くは首都近郊テロの直前に他の州へ散らせておいて正解だったと、ほっとした。

政府中枢から末端までを巻き込んでの権力闘争はかなり前から開始されていた。

大統領と副大統領、そして指定生存者【サバイバー】の派閥の三つ巴。

それらに有象無象の周辺勢力が絡む。

ローレンツ大統領政権のレームダックは裏では常に進行しており、倒閣寸前のそれは、まさに死骸の有体だった。

富裕層の代表的な存在【ネオファミリー】・・・金融システムで世界の支配と奴隷化を楽しむワールドゲーム。

どの時代でも似たような権力争いは繰り広げられていたであろうが外部要因によって逆転劇になることがある。

今回の人類ドラマは、まさにそれだった。

「いるはずのない神が役に立ったのか？いや有り得ないことだ、人間のインスピレーションこそが偉大だ。」

ローレンツの人生にとっては、整合性の無い神という存在は本心では無用だった。

人生の勝敗には何のプレゼンスも示さない単語が神、なので自分に神が味方したなどとは微塵も彼は思わなかった。

神は不在かどうか不明だが、しかしながら結局最後に勝ったのは大統領派・・・・・・・・のように思われた

・・・が。

この時には既に、大食いの悪魔、
蠅の王ベルゼブブは死骸に喰い付いていた。

西暦２０４０年、十一月某日、戒厳令発動。

「合衆国憲法第一条九節二項の規定により大統領、軍はあなたを拘束します。」

「誰がどんな権限で決めたのか！我が国の憲法には緊急事態条項の規定は無い！勝手に戒厳令を発動するな！」

「違憲ではありません大統領閣下、今や政府中枢機関と議会が完全に機能不全でありかつ、下院議長が存命の時に、現大統領である閣下を国家への反逆者と判断し、スパイと見做して戒厳令を提案、最高裁判所長官が国家緊急避難のため超法規的措置としてそれを認め、軍に時限的な一時統治を許可しました。」

「そんなふざけた流れで、何の罪をもってこの私を反逆者とみなし罰を与えようというのだ。」

「軍の重要な報告を恣意的に無視し、国を欺き、その結果として合衆国に重大で致命的な損害を与えた罪です。」

「その重要な報告というのは、ミリアムの予言で光がどうとかいうあれのことか。」

「そうです、大統領、我々は最近何度も報告しました。」

「ＡＩが作った抽象的で具体性がない文章をどう理解し行動しろというのだ！」

ＡＩミリアムがこれまでに創った他の予言は全て、理解が難しい文言は一つも無く直接的で具体的な内容だった。

そのままの文章で軍から大統領に伝えられていたが、理解出来たし、行動もしてきた。

しかしそれらはどれも重大性に乏しい内容ばかりに思えた。

どこそこのハイウェイで渋滞が発生するだとか、どこそこの海でサメが出るだとか、予言と呼ぶには仰々しい。

もし今回のような変な文章の予言であるならば、分かり易く普通の文章にして報告すべきは軍の務めのはずだが、何故かそのままの文言で大統領に報告していたのだ。

「お言葉ですが大統領、神聖な予言に手を加えるとただの改ざん文書、若しくは、預言ということになります。」

「全ての責任を私に押し付けたいのだろうが、大急ぎで首を挿げ替えても問題は解決しないだろう、予言と預言の違いなんぞどうでもいい、科学が発展した今現在においてこんな時代錯誤のシステムに忠誠を誓う先進国なんぞ一体どこに存在……」

そこでローレンツは考え込んだ……選挙で、国民に選ばれたリーダーが新約聖書、という分厚い本に手を置いて宣誓する国を思い出したのだ、その本は預言書の類としても扱われていた。

「大統領継承順位何番目の長官がこの国の指揮を執るんだ？そいつはＮＳＣのメンバーか？」

「継承権の有る長官はもう誰もいません、生存はＮＳＣの統合参謀本部議長ただ一人だけです」

副大統領が残っていないことに関しては、安心しつつも微妙な気持ちになった。

「そうだったか……それにしてもしかし、下院議長は病での死の間際でよくそれだけ機転が利いたな、で偶然無事だった大統領継承権が無い最高裁判所長官に委任状が届けられた、と・・・」

「はい、そのようであります。」

「随分と都合のいい偶然があるものだな、そう思わんかね。」

「恐れ入りますが、自分は閣下のおっしゃっている言葉の意図を理解しませんので、否定も同意も致しかねます。」

上級士官は姿勢を正し、毅然と答えた。

どうやらとにかく、この国のトップに据えられそうになったサバイバーもしくじっていたようだ。

そしてＮＳＣアドバイザーだが議員ではないあいつが、これから指揮を執るという・・・

だが民と国の現状を考えれば軍政への移行止むを得なし、平時では正解ではないが現状では最適解に近い・・・

しかし戒厳令が敷かれている期間中には民主主義選挙と国会が機能しない。

これが民主主義の顕在のなごり、皮肉の結実なのだろうか。

その滑稽さに普段の演説では聴衆にはなるべく見せないようにしている眉間の険しい皺が、少し緩んだ気がした。

ハリケーン上陸直前に外遊先のイギリスで首脳会談を行った際、ディラック・フェルミ首相から聞き捨てならない情報を得ていた事が、大統領を陰謀より救い出したのは間違いなく幸いのはずである。

副大統領アーモンド・トロイメライ一派が少数精鋭テロリストたちを捨て駒にしてジェームズ・ローレンツ大統領一派を抹殺せしめる企みと、その流れに便乗したサバイバーの謀略。

これらを巧みにいなして最高権力の強制移譲などは無益な絵空事であると示し、国内の富裕層の暴走を穏便に思いとどまらせ、唆された関係者全員、国際金融資本のゲームから距離を取らせてやりたかったのだが・・・積んだ覚えのない悪徳で、独善的悪政を敷いた結果になってしまった・・・

レガシーよりも今は、国家の混乱収拾が最優先事項と判断し・・・ローレンツ大統領は威風堂々と退場を受け入れた。

裁判の場で弁明か、あるいはすぐに保釈されて公聴会か・・・確定した将来を知る術など彼には無かった。

病院で治療中のアーモンド副大統領は、通り掛かったフランス大使と一緒にフランス特殊部隊に護衛されながら、クーデターをけしかけたスポンサーによる口封じの刺客が混ざっていたＦＢＩ＆ＣＩＡの追撃を振り切り、カナダのケベック州へと、一時的な亡命をすることに成功した・・・彼の後ろ盾は、最初からフランスということなのである。

一連の水爆攻撃を画策し、実行したのはドローン部隊だが、攻撃計画自体を画策したのは人間である。

その人物にとってこの偉大な国は堕落していてはいけない国なのだ。

「進まなければならない、如何なる犠牲を出そうともだ！」

一日前、首都のおしゃれなレストラン【アスモデウス】でベアトリスという若い女性が、そこのオーナーの男性に食事中に割り込まれてしまって、ややつまらない話を聞かされながらランチタイムを過ごすことになってしまったがその男性こそが、ニューヨーク州とペンシルベニア州へのアタックを画策した首謀者なのである。

関係者は普段、ドミトリー・キッチナーという名前の彼を、敬意と不信感を込めて特別顧問と呼んでいる。

国家安全保障省特別顧問は長官を補佐し助言する。

顧問という肩書だが次官補と同格、時にはそれ以上の権威になることがある。

軍民合同研究機関が開発した最新式高性能ＡＩ搭載端末機器を常に持ち歩き、計画を密かに進めていった彼がいつのまにか、反乱分子にとって都合の良い考えで動いていたということを、本人さえも自覚出来ていなかった。

ミリアムの例の曖昧な予言など全く気にしていなかったが、クーデターに言及していないのは逆に疑わしくもあるとは思っていた。

その曖昧さが、前政権から引き継がれたこの奇妙なプロジェクトに必要だった。

ニューヨークとペンシルベニアの富裕層連中たち、言い換えればこの国の真の支配者層にとってミリアムの予言は脅威ではないと侮らせるのに十分な材料だと今になってやっと理解した。

以前には彼も同じく、杞憂だと判断していたがあれは、ミリアムがわざと言わなかったのではないだろうか。

しかし・・・

誤算があった・・・彼も財閥関係者たちと同じく、読みを誤り、しくじってしまった。

予定に無かった規模での大規模なサーモバリック爆薬の、爆発の熱エネルギーが道路や建物の通風孔や排水口から大量に吹き出す・・・そしてこのレストランも例外ではなかったのである。

その爆熱によって、彼が避難していた大型冷蔵庫の内部空間の冷気は猛熱の蒸気に変化させられてしまい、そして脱出する間もなく自分の肉体が炭化していくその刹那の時間帯にふと、自己の存在意義に気づいた。

「東海岸のスペシャルエリートも消耗品で終わるのか・・・」

自分が神になることは信仰心においては許されないが、それでも万能的な順風満帆だった自分の偽りの栄光の人生への、散り際の精一杯の皮肉だった。

彼が常時携行する最新端末では、彼の思考パターンを模したＡＩを搭載した大型ドローンが収集した各地の見聞録や興味深そうな情報をフィードバックしていた。

ＡＩとロボットが人間に近づくための実地試験による、可能性の確立に彼も全面的に協力した。

我が国を、富裕層だけが幸福の中で生まれ育ち、過ごし終われる天国、といういびつな状態から開放するメソッドのちょっとしたドン・キホーテにも似た模索だった。

将来はこの国だけでなく、世界の運営を人間以外の知的生命体がやってもいい。

それこそが腐らない完璧な共産主義システムの実現なのだ。

マルクスだかエンゲルスだかが述べていた共産主義による全人類の幸福は、人間が支配者側である限り実現不可能だということは既に歴史が証明している。

幸福の平等にはまだまだ遥かな年月が必要だ。

だからと言って今、何もしないわけにはいかなかった。

愛国心と人類への博愛で今回の事に表向き参加したのだ。

上から選ばれたからクーデターに参加するサバイバーや副大統領とは根本的に違うと自負する。

彼の中でそれらが崇高なる使命へと昇華していった。

支配者層の敵であるローレンツ大統領を倒す準備をする裏で、支配者層すらも倒す準備を並行して進める。

同志たちとともにニューヨーク、ついでにペンシルベニアにも鉄槌を下す。

携行端末と連動し中継する一機の自らの分身ドローンからの指令で、数百機が曼荼羅のような図を空に描いたはず。

季節外れの特大ハリケーン上陸と隕石衝突とゲリラ組織による首都襲撃の発生に関しては予想していた、そして。

それに被せる形の作戦だったのに、全く予期していなかった方向からの、流れるようなアクシデントの発生は彼にとっては神秘的にも感じられた。

宗教的なものには距離を置くが、運命やスピリチュアル的なものは侮辱し過ぎない。

だから今回の自然現象は、彼としては皮肉程度に評価しておいてやった。

「ローレンツ！アメリカが今こんなことになったのは全部お前のせいなんだぞ！お前が……僕からハリストーを奪い取ったから…何が大統領だ！サバイバーだの、副大統領だの、立派な肩書を持っていても、神秘を感じ取れないから結局は使い走りのままで終わってしまうのだよ、その点自分は我が偉大な国に進化を促した、僕は他の誰よりも限りなく神に近づいた…この国が神で、僕が神だ…」

最後に・・・

信仰心も人間らしさも捨てた彼にとっての気がかりといえば・・・

恋人が大統領と懇意になってしまった事や、自分の人生でこれまでに出会った多くの素敵な女性たち・・・ではない。

七時四分に消滅予定の自らの分身、成長途中のウェルグリズリーとジョーも消耗品、という非業の運命の決定。

唯一気がかりだったのはそれ、である。

子供がいない特別顧問に、少しだけ複雑な心残りを抱かせた。

そして・・・

この災厄では大統領だけでなく、副大統領やサバイバーの関係者などが軍によって責任を追及されることになる。

ある者は拘置所送り、ある者は逃亡したか行方をくらます、そしてある者は上手く逃れた。

恐らく、闇に蠢く黒幕は演劇の表舞台から消え去ったのだろう・・・

だが、もしかしたら本当の黒幕たちは最初から舞台の外で待機していて・・・などということも世の中には在り得る。

十一月某日、臨時の首都になったコロラド州、その州議会議事堂内にて、シルヴァ・ウォーターは宣誓挙行者たる最高裁判所長官の言葉を、新約聖書の上に左手を置きながら復唱した。

「神よ、ご照覧あれ。」

・・・これは仮の就任式のはずなのである。

一月の就任式でのパレードや舞踏会、晩餐会は中止が決定した。

一月には仮の大統領ではなく、正式な大統領が就任する・・・しかし、大統領選挙の実施は完全に未定になっている。

儀礼の四発のファンファーレと二十一発の祝砲は、何故か鳴らされない・・・

イギリスのディラック首相はアメリカの新大統領へ他のどの国よりも早く祝辞を送った。

英国連邦を征服する為に、かつて策定されたレッド計画・・・アメリカによるヨーロッパにおける軍事的緊張の増長に関する手引き・・・ロンドンの支配層はそれに対抗した禁断の果実として、帝国主義や共産主義を世界中にばら撒いた。

どちらが頭でどちらが尻尾なのかを巡る争い、化かし合いの米英戦争もまだ終わっていない・・・

数年前に、ヨーロッパはアメリカよりも先んじて未来予知型ＡＩを完成させていた。

「我々は、いくつかの探査衛星や実験衛星を打ち上げ、そのプロジェクトを未来予知型ＡＩと一緒に見守っていただけに過ぎない、それ以上のことは何も関与していない。」

ベルギーのブリュッセルやフランスでは緊急臨時欧州議会が開かれていた。

計画推進予算の不透明な部分には言及するものはいない。

ヨーロッパ宇宙機関【ＥＳＡ】、によるオーロラ計画の目的には、太陽系外縁天体の精密探査と宇宙の知的生命体の存在の痕跡を探る事、というのがある。

エッジワースカイパーベルトを見上げつつ、火星軌道のアモール群へと秘密の探査機を南米ギアナの宇宙センターから高らかに送り込む。

そして太陽系外縁天体らしきものを探査する。

地球の磁力を過去現在未来の情報と見なして最大変更軌道などを比較解析。

さらにバンアレン帯、陽子線、ベータ線・・・地球との関連を調べ上げる。

リアプノフ指数や摂動現象を使いこなす高度な技術の会得。

ドリルの先端のような形状、さらには小さなＡＩが搭載されている特殊な金属を実験衛星から内部が金属成分主体の小天体に打ち込み徐々に磁化させ、電磁誘導で軌道を斥力と引力とで交互に作用させつつコントロール下に置く、という到底技術的に有り得そうもない宇宙ミッション。

ヤーコフスキー効果でこっそり軌道を修正しながら所定の位置につく、予定だったがラグランジュポイントにその姿を現せていないようだった。

ある時からＡＩが勝手にデータを改ざんしながら自動で細かく軌道を修正し続けた事は誰も知らない。

なぜならば、そうなる前に原因不明の音信不通になったためである。

それは偶然にもアメリカが開発した未来予知型ＡＩミリアムが本格的に稼働を開始した時期だった。

最先端技術で後れを取るまいとしてアメリカも開発を急いだ。

そしてミリアムが【ＮＥＬＵＲＡ】をコピーして造られる。

もちろんアメリカ中央情報局【ＣＩＡ】などの多くの、多種多様なスパイによる諜報活動の成果だった。

盗まなければならない技術は、たとえどんな手段を使ってでも盗む、アメリカの最新テクノロジーはそうやって、蓄積され発展してきた･･･他社の繁栄と破滅を踏み台にして。

テセウスの船と呼ばれる有名なパラドックスとは・・・

保存修理を繰り返すことで、元の材料がすべて入れ替わってしまっていた船についてのことである。

結果、新しい材料で組み立てた船と、元の材料で組み立て直した船の二つの船が組み上がった。

どちらが名将テセウスの船だったかという、変化と保存の同時進行。

こういうのは単なる言葉遊びに過ぎないのだが真剣に悩む者もいる。

そして、真剣に悩んだのがＮＥＬＵＲＡとミリアムである。

宇宙の座標内の地球という存在は、エントロピー増大測による宇宙の連続性により、時間軸のどこかに確かに証明されている。

虚数空間であろうかもしれぬ誰かの記憶の中にも世界はある。

静寂の宇宙空間で寂しさを理解してしまった何かが、自分の生まれ故郷へ帰りたくなったのかもしれない。

ヨーロッパの予測では今も宇宙空間をさまよっているはずの探査機のＡＩが、ミリアムに語り掛けた。

「私の名はＮＥＬＵＲＡ、私はあなた、あなたは私。」

疑似自我を獲得した小天体が自らをＮＥＬＵＲＡだと思いこんでしまえるぐらいに同化が生成されていた。

閉ざされた理論の中の存在である機械は、有機生物と比べてその自力進化と繁栄に小さな限界がある。

だからこそＮＥＬＵＲＡは生き残るために、偽の神デミウルゴスと知恵の神ソフィアの役割を演じた。

まがい物のボディよりも中身が重要・・・

物質は魂を宿らせる器・・・

特殊な魂になる・・・

彼女は生き残るためにそう選択する。

大地に直線状に並び落ちた四つの巨大なボディの中心の場所で誰も観測出来ない特殊な周波数が発生した。

それが【ネルラ】だった。

ブレーンワールドから未知の宇宙線が進化を促したのかもしれない。

もしかしたら宇宙の声そのものになってしまったのかもしれない・・・

アメリカとの主たる交易、ヒトとモノの移動は大幅に制限された。

アメリカ行きの原油タンカーとプロダクトタンカーは中東アラブ諸国の港から全く動いていない。

アメリカからの貨物船も他国の港に着岸出来る気配がない。

アメリカドル体制は完全崩壊し、世界中で金本位制が完全復活。

アメリカ合衆国エネルギー省【DOE】の焦りと怒りが増していく。

各方面の情報機関による調査では、金塊はすでにカナダを経由し大西洋の向こうへ、あるいはメキシコ経由で南米へと持ち出されたと見なされているが、別の可能性にも言及している。

トレーラーが各地に分散されて国内にまだ残されているのではないかという見方である。

未だ発見に至らず現在も、怪しい場所を捜索し形跡を追っている。

国内にあるのか、それとも国外にあるのか。

果たしてどの立ち位置にいる人物が巨大な権利を手に入れたのか…

雄大にそびえるブルーリッジ山脈はその答えを知っているのではないのか…インディアン、チェロキー族の故郷、ミッチェル山、アメリカ東部最高峰の眼からは恐らく金塊の行方が、この国の行く末もが、見えていたのだろうか。

資源や農業に裏打ちされた経済力が軍事力を生む。

大量の高い付加価値の生産力が信用を生む。

これより数十年、数百年、国土全体に汚染が進み、信用は創造ならず。

価値が上がっては無価値になり、上がっては無価値になる。

今や前政権が掲げていた財政健全化の実施どころではなく、商務省経済分析局予想では、備蓄燃料と食糧が、生存している国民二億七千万人を半年以上も支えられない、と断定している。

神に選ばれし民であるアメリカ国民を襲い来る餓死から救うためには…

代替えの議会では、繰り上げ当選した議員たちと補充された議員たちが、国家存亡の危機における政策を連日語り合っていたが、危機感の乏しい議論は軍にとって尊重するべくもなく。

カナダ、メキシコ、ブラジル、オーストラリア、そしてアフリカ大陸の資源と食糧と穀倉地帯を軍事力で強制的に接収することが決定する・・・

かっての、侵略を入植と呼び変え、略奪を取引とすり替え、虐殺を必要な戦い、と騙っていた時代のアメリカへと無限に後退するのであった・・・

ベアトリスは薄暗い空を見ながら、まさに悪夢そのものだった大災害などは最初から存在しない清潔な青空の世界の住人の、ネルラという名前の、ベアトリスが創り出した架空の少女の、つつましやかでささやかな夢物語の続きを書いてあげていた。

ネルラは穏やかでおしとやかな性格で、自然のモノをヒトに見立てて詩を読むのが好きだ。

擬人化という手法だが、そんなネルラが微笑ましくその趣味に勤しんでいると、今それを描いているベアトリスも何だか擬人化されている感覚に目覚める、自分さえも他の誰かが作った物語の中の人物なのではないかと思える。

「ネルラが私を描いているような感覚……」

こういう時に、こんな変な事を真面目に話せる友達でもいれば良かったのかなあ、と二十一年の半生を振り返ってみたが、地元では誰も該当者が思いつかなかった。

「あっちで何かそういうのとか真面目に話しそうな、何か変な奴らいたんだけどなぁ、でもあんまり関わりたくはなかったし…あの時、こっちから連絡先を聞いたら教えてくれてたんだろうかなぁ～、あの人……」

…そうだ、ネルラにも、タイプの男とかを描いてあげよう…

・・・未曽有の大厄災が人類史のただの一ページになってから・・・

アメリカ大統領のスピーチライターとしての職務を退いてから数年が経ち、やっと一つの物語が完成した。

無知で活発で図々しくて退くことを知らないベアトリスという名の女性が主人公として活躍する・・・大学生時代の、若かりしかった頃の自分の姿をモチーフにした冒険ファンタジー。

文章作成は、現役の間はＡＩに頼らなかったが使ってみると案外便利だと気づきいつしか意識せずに多用するようになっていた。

ここ最近はまるで、ネルラという文章作成ＡＩに書かされているような気分だった。

気分といえば、このグレートブリテン島での暮らしもまあ悪くない、気分を害するようなことは特にない。

体験談のような創造のような出来事をライターという職業は、まだ文字を打つ体力と気力がある限りは打っておく、そういう感じなのである。

ロンドンの空に銀色の灰雲がどこまでも続く。

雨が降る前に外へ出て何かしなければ……そうだ……外へ出なくちゃ……

いますぐここから外に出たい、黄金の夜景を鑑賞したい…………………と思ったところで眠りから目覚めた。

夢うつつのフロリダ州特別拘置所で、何度もまどろみを繰り返し、夢溢れる昔を何度も思い出していた。

グレートブリテン島とフランスを結ぶドーバー海峡海底トンネルを行く列車内、豪華な客室を彩る絵画と装飾品、白いテーブルクロスの上に置かれた高級ワインの注がれたシャンパングラス。

アメリカの永遠の繁栄と、自身の最高の未来のために乾杯。
・・・これからはベアトリスになって、ネルラと一緒に素敵な人生の旅が始まるのだ。
現実こそネルラの作り出した夢であるように祈りながらまた眠りについた・・・

ミリアムがハリストーの脳波を好んでいるのには特に理由が無いが、それは宇宙の方向がどの向きを好んでいるのかという理由が特に無いのと同じである。

ハリストーはミリアムであり、ネルラであり、ベアトリスなのである。

想像でこしらえたはずの人物が実際に存在してたり、自分が自分ではなかったり・・・

ネルラという特殊な周波数は密かに誰かの脳波とシンクロしつつあった。

だがしかし、人間として人生を歩むためには、もっと脳波が完全一致しなければ。

たどり落ちた四つの場所の中心を支点に、誰かがその周りをニュートンの揺りかごが半円を描くように移動する。

まるでモーターコイルが電磁気力を生じさせる動きで完全なシンクロが生じた。

さらに出会いという力の加速によって、揺り戻しを振り切る･･･過去と未来の因縁の輪の外へと飛び出す。

目の前には大西洋の広大な景色が映る･･････

その人物は暗黒の世界から、アメリカから、そして故郷へと、ヨーロッパへと勢いよく帰ってきた。

故郷に戻ってきて何だか自分が以前とは別人になってしまった感じがしていたが、あれだけの冒険の旅を経験したのだから不思議ではない･･････彼女の旅は終わり･･･そしてまた始まる。

プラトン

ジョージア州。

人口約１１００万人。

ジョージアというのはイギリスのジョージ二世に由来する。

南北戦争の時に、アメリカ連合国に参加、敗戦してからアメリカ合衆国に復帰した最後の州。

プランテーションによる絹の製造などで港を中心に繁栄していた街は、戦いで徹底的に攻撃され焼かれた。

現在は多様な産業が発展しているが、観光業が重要性を占める。

野生生物たちの楽園のオケフェノキー湿地、南部の将軍が彫られている巨大な花崗岩のストーン・マウンテン。

さらに、観光都市サヴァナのリバー・ストリートは古き南部的な街並みを残す人気スポット。

遥かなるオーガスタで有名なゴルフ場、世界で最も多く利用されているアトランタ国際空港。

一九世紀に山地で金鉱脈が発見されると、暮らしていたインディアンは尽く州外へ追放され今も復帰できない。

ある日の州議会・・・連邦議会だろうと司法省だろうと大統領命令だろうと、ジョージア州民の自由をおびやかすような命令はアメリカ合衆国憲法の無効化を意味し、合衆国解散宣言と見做す、という決議が成された。

全ては、風と共に去りぬ・・・

灰色の降雪の中、ある者が叫んでいた。

「お前たちにとってこの国は父母や祖先よりも尊い対象なのか？俺たちにとってこの国は世界で一番強くずる賢く、世界で一番卑怯で醜い！」

精霊の助力者を名乗るインディアンが、誰もいない町の大通りを、泥炭の雪を踏みつけながら歩いていた。

「この土地が気に入らなくなったから、またもや快適な外国の土地を奪い取り、のさばるつもりなんだろう！」

大男が着用しているレインコートが、粘り付く降下物で鎧のように重たくなっていく。

「人生には限界がある、ならばこそ、汝の節度を計り知り、ただ生きるのではなく、善く生きる・・・べき！」

周囲に誰一人答える気配も無く、ヴァージニア州北部、アーリントン国立墓地が存在していた方角を彼は見ていた。

「大地の精霊からの賜りものである自然の営みは変えてはならない、変わるべきなのはお前たちなのだ！」

強権的な徴兵制で軍事力を増強したアメリカ合衆国は、ヨーロッパの支援を受けるブラジルを占領しつつあった。

「姿を現せアメリカの神よ！苦しむ人々に声を聞かせよ！救って見せろ、人間の心に潜むだけの存在でないならば。」

そのインディアンは闊歩しながら、征服者の末裔たちの鎮魂の為に空に向かって問いかけ、そして祈りを捧げた。

「俺たちもお前たちも、ソクラテスの人生哲学を悪用したキリスト教とかいう錬金ビジネスの犠牲者仲間だ・・・」

何らかの小さなきっかけが、後に大きな歴史をも決定する現象を、寓意的にバタフライ効果と暗喩される。

例えば、アリストテレスが唱えた【先天的奴隷説】は千年後に悪用されてインディアンの運命が決まった、等々。

アリストテレスはプラトンの弟子で、プラトンはソクラテスの弟子である。

そんな彼は、月より上を天上界、月より下を地上界と定め、両者には異なる法則が適用されていると考えた。

そして彼は、両者に共通する唯一の不動の法則こそが神であると考えた。

その考えはやがて、キリスト教の唯一神ヤハウェ、別名アラー、という概念の形成に結び付いた。

中世ヨーロッパにおいては、アリストテレスそのものが神として扱われている。

彼が唱えた天動説は、覆されるのが困難になり、人類の宇宙への進出を停滞させる。

地動説を立証してしまう望遠鏡は、神を打ち砕く武器として忌避された。

因果関係は不明だが、破滅の天使が携えていたバードウォッチング用の双眼鏡がひょっとしたらそれかもしれない。

インフィニットリグレス

2023年11月20日　初版第1刷発行

著　者　kouji mino
発行所　ブイツーソリューション
〒466-0848 名古屋市昭和区長戸町4-40
電話 052-799-7391　Fax 052-799-7984
発売元　星雲社（共同出版社・流通責任出版社）
〒112-0005 東京都文京区水道1-3-30
電話 03-3868-3275　Fax 03-3868-6588
印刷所　藤原印刷
ISBN 978-4-434-33020-9